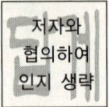

인 돌

지은이 | 박춘희
펴낸이 | 一庚 張少任
펴낸곳 | 답게

초판 인쇄 | 2005년 9월 23일
초판 발행 | 2005년 9월 27일

주　　소 | 137-834 서울시 서초구 방배4동 829-22호
　　　　　 원빌딩 201호
등　　록 | 1990년 2월 28일, 제 21-140호
전　　화 | 편집 02)591-8267 · 영업 02)537-0464, 02)596-0464
팩　　스 | 02)594-0464

홈페이지 : www.dapgae.co.kr
e-mail : dapgae@chollian.net
ISBN 89-7574-204-0 03810
나답게 · 우리답게 · 책답게

ⓒ 2005, 박춘희

* 잘못된 책은 바꾸어 드립니다.

박춘희 에세이

도서출판 답게

작가의 말

사전에서 '원로元老'를 찾아보았다. 어떤 분야에 오래 종사하여 공로가 많고 덕망이 높은 사람이라고 풀이되어 있다.

나는 손으로 입을 가리며 웃는다. 공로는 물론 덕망도 갖추지 못한 내가 3월부터 원로교사가 되었으니 말이다. 만 55세에, 교단 경력 30년이 지났다는 두 가지 조건이 충족된 때문이지만, 원로라는 말이, 빌려 입은 옷 같아 아무래도 어색하다.

1970년 울산에서 초등학교 교사가 되었다. 문학을 좋아했고 동화에 관심이 많아, 동화작가가 된 것도 그 무렵이다.

4년간의 울산 생활을 접게 되었을 때, 가족은 물론 친척, 선배, 친구들도 무모한 행동을 걱정하며 말렸다. 그러나 문학에 대한 애착이랄까 집념은 누구도 막을 수가 없었다. 동국대학교 국문과 2학년으로 편입했고, 졸업 후에 다시 교단에 섰던 일이 엊그제 같다.

"어느새 이렇게 나이를 먹었나?"

자꾸 뒤를 돌아보게 된다.

여기 실린 글들은 20대 초반에서 50대로 넘어오는 동안 대부분 청탁請託으로 씌어진 것이다. 오늘의 현실과는 사뭇 거리가 느껴지는 내용이 적지 않다. 또 개인적이며 일상의 변변치 못한 글들이라 얼굴이 붉어진다.

그렇지만 빛바랜 사진첩을 넘기며 지난 시간을 추억하듯, 다시 돌아갈 수 없는 그 시절을 떠올려 준다. 우정, 희망, 젊음, 절망, 외로움, 아름다움······. 이제는 그 무엇과도 바꿀 수 없는 소중한 내 그리움들이다.

이 그리움을 한 권의 책으로 태어나게 해 주신 도서출판 답게에 진심으로 감사드린다. 문단의 선후배, 친구 그리고 학생들의 이야기를 가명假名 또는 실명으로 허락도 없이 쓰게 되어 미안함과 함께 고마움을 전한다.

2005년 7월

박 중희

차례

소나무, 내 그리움의 나무여

나무는 나무 그 이상의 것 _ 13
어머니의 가르침 _ 18
아버지, 전 아직도 아버지의 딸이에요 _ 22
엄마 노릇 _ 26
소나무, 내 그리움의 나무여! _ 30

종아리 때리는 어머니의 심정

하느님은 몇 살이지? _ 35
종아리 때리는 어머니의 심정 _ 39
예비 학부모에게 _ 43
스승의 날에 받은 시집 _ 48
글쓰기에 나타난 동심 _ 56
일요일 아침에 _ 64

시험이 두려운 그대에게

2학년이 된 양희에게 _ 69
고민하는 십대들에게 _ 73
다시 여고생이 된다면 _ 76
매미의 노래 _ 79
선생님의 편지 _ 83
시험이 두려운 그대에게 _ 86
실패의 아픔까지 사랑하며 _ 91
우리들의 선장님 _ 99
재수하는 제자에게 _ 105
재회의 기쁨과 불안 _ 108
그 한마디 말 _ 117
손手에 대하여 _ 121
내가 선택한 길 _ 124

우리 삶의 이야기는 한강과 함께

2월의 아침에_129
닫힌 마음을 열어주는 것_133
나를 길러준 책들_137
남을 걱정하는 마음_144
우리 삶의 이야기는 한강과 함께_147
세 번의 등단 소감_151
가을이면 생각나는 친구_157

잃어버린 색동 고무신

2월의 강가에서 _ 163
여유 있었던 삶 _ 167
낮달과 함께 _ 171
잃어버린 색동 고무신 _ 176
밤의 창가에 서서 _ 179
어느 여름 오후 _ 185
어린 왕자를 기다리던 스님 _ 189
여자라는 이유만으로 _ 193
자유라는 그 말 _ 197
지는 해를 보며 _ 200
커피잔으로 건배한 친구 _ 202
파도소리 _ 206

소나무, 내 그리움의 나무여

나무는 나무 그 이상의 것

　새벽 3시. 벌떡 자리에서 일어난다. 수연이의 오줌 기저귀를 갈기 위해서다. 수연이는 왼손 엄지손가락을 열심히 빨다 말고 앙앙거리며 배고프다는 소리를 낸다.
　기저귀가 차갑거나, 배가 고프거나, 몸이 불편할 때, 그 울음소리는 제각기 다르다. 뭐라 정확히 표현할 수는 없지만, 그 울음소리는 엄마와 아기만이 통할 수 있는 독특한 신호 같다.
　기저귀를 새 것으로 채운다. 혹시 속옷이 젖었거나 하면 옷도 새로 갈아입힌다. 그 사이 수연이는 몇 번이나 왼쪽 엄지손가락을 빨았다 뺐다 하며 젖을 찾는다.
　이제 갓 백일이 지났다. 매섭고 찬 바람이 일던 그런 겨울밤에 태어난 수연이는 건강하게 잘 자라면서 이 땅 위에 봄을 가져왔다. 나뭇가지에 파란 잎사귀를 매달리게 하고, 예쁜 꽃봉오리를 열리게 했다. 해마다 오는 봄. 내가 수없이 맞던 그 계절들이 지금에 와서 또 다른 의미를 부여받고 새롭게 내 옆으로 다가서는 듯하다.

젖을 먹이고 있는 나를 볼 때마다 그이는 말한다.

"당신 꼭 성모 마리아 같구려!"

그 한마디에 나는 발그란 미소를 머금는다. 그리고 긍정도 부정도 아닌 애매한 표정으로 수연이의 얼굴만 내려다본다.

'그래, 아주 형편없는 구제 불능의 어떤 악녀라도 아기에게 젖을 물리고 있는 이 순간만큼은 틀림없이 성모 마리아가 될 수 있을 거야.'

생명!

나의 목숨과 맞바꿀 수도 있었던 이 생명이기에 더욱 그러할까? 생명에 대한 애착은 그 무엇과 비교할 수 없을 만큼 강했다. 매사에 고집스럽고 이기적이었던 내가, 지금은 자신을 위해 소모하는 시간에 비교도 안 될 정도로 수연이를 위해 헌신적이다.

낮이면 낮대로, 밤이면 또 밤대로, 의식이 깨어있는 동안은 오로지 이 어린 생명에게 나의 모든 것이 향해 있다. 비록 몸은 그 곁을 떠나야 할 때에도 마음은 더욱 아기 곁으로 다가간다. 무엇일까? 이렇게 나의 모든 것을 아기 쪽으로 끌어당기고 있는 그 강렬한 힘의 원천은?

아기를 꼭 껴안고 있으면 나는 한 개의 보잘 것 없는 껍질, 곧 허물어지고 바스러질 껍질인 것 같은 착각에 빠진다.

"하나의 나무는 나무 그 이상의 것이다." 라는 어느 시인의 말이 떠오른다. 내게 맡겨진 이 연약하고 부드러운 생명은 정녕 생명 그 이상의 무엇이 아닐까?

새벽빛이 부옇게 창 곁으로 몰린다. 연보랏빛 은은한 하늘. 새벽하늘이다. 저 새벽하늘을 보고 있으면 나도 모르게 기도를 드리고 싶어진다.

젖을 흡족하게 먹었는지 수연이는 어느 새 품에서 잠이 들었다. 새근새근 잠자고 있는 수연이의 등을 토닥거려 자리에 누이고 살며시 일어섰다.

책상으로 다가가 촛불을 켠다. 잠자는 가족들이 눈부시지 않게 하기 위해서이기도 하지만, 이런 시각이면 아무래도 전등 불빛보다는 촛불이 어울릴 것 같아서다. 전등 스위치를 끄자 방안은 어둠의 그늘과 함께 고요 속에 잠긴다. 낮고 안온한 숨소리 외엔 아무 소리도 들리지 않는 이 방안. 눈을 감고 조심스럽게 두 손을 모은다. 손 모으는 순간만큼은 온갖 욕심, 특히 물질적인 욕심에서 벗어날 수가 있다.

그리고 내가 아닌 주위의 다른 사람들을 생각하게 된다. 아직 어린 수연이, 남편, 부모 형제들, 이웃 사람들, 직장 동료들, 멀리 사는 다정했던 친구들…….

얼굴들이 하나둘 스쳐가고, 이윽고 눈을 뜬다. 가만 촛불을 응시한다. 나도 촛불이 되고 싶다. 저 촛불처럼, 어둠속에 타오르는 저 촛불처럼 그렇게 살고 싶다는 열망만이 오롯이 남는다. 그 열망은 하나의 불씨가 되어 가슴 가운데 자리잡는다. 고통스럽고 괴로웠던 어제까지의 일상을 툭툭 털고 일어설 힘이 솟는다. 촛불이 내게 던져주는 이미지는 늘 같은 듯하면서도 받아들이는 내 쪽에 따라 늘 새롭다.

삶이란, 인생이란 도대체 무엇인가? 막연했던 그런 의혹이 점점 구체화되면서 저절로 고개가 숙여진다. 인생이란 깊은 강물의 흐름과 같다고 했다. 하지만 길고 긴 세월에 비긴다면 강물의 흐름은 또 얼마나 부질없고 짧은 순간인지! 끊임없는 행과 불행, 기쁨과 슬픔, 사랑과 증오, 희망과 절망…….

어떻게 생각하면 살아있다는 사실이 얼마나 두려운 일인가? 어쩌면 새 생명의 탄생은 새로운 두려움의 탄생인지도 모르겠다.

촛불은 계속 타오른다.

주황색으로 타오르는 불꽃.

그 위에 무엇이 존재하기에 촛불은 위로만 타오르는가?

큰오빠의 갑작스런 죽음 이후 하늘로 향하는 모든 것들이 내겐 아무래도 예사롭지 않다.

어둡고 긴 공간을 지나 파란 하늘에 닿기까지 그 멀고 먼 여정. 허나 불꽃은 자신을 태우면서 조금도 절망하지 않는다. 멀고 먼 여정을 향해서 계속 위로 위로만 타오르는 촛불! 자기 자신을 태우면서도 절망에서 벗어날 줄 아는 저 유연한 불꽃의 움직임. 초연한 몸짓.

주황색 불꽃 아래서 내려다보는 수연이의 뺨은 더욱 부드럽다. 분홍빛 뺨 위에 입 맞추면서 나는 생명의 신비로운 힘에 감동한다.

죽음보다 무서운 아픔을 맛보았고, 죽음도 두렵지 않은 희망에 대한 신뢰를 터득했으므로.

이 연약하고 부드러운 생명은 나를 정직하게, 그리고 겸손하게 만들었다. 수연이를 위해 나는 새벽마다 기도하게 될 것이다. 내 본연의 가장 겸허한 자세로 행과 불행을, 기쁨과 슬픔을, 사랑과 증오를, 희망과 절망까지도 소중하게 받아들이는 그런 기도를…….

(1976년)

어머니의 가르침

"고향 가는 길이 왜 이리 멀고 힘들까?"

차창 가에 자리잡고 앉으며 나는 혼자서 중얼거렸다.

중고생인 두 아이들과 남편의 뒷바라지도 문제지만, 직장에 얽매인 까닭에 고향 갈 엄두조차 내기 어려웠다. 더구나 짧은 주말을 이용하기엔 너무 멀었다. 서울에서 낮 1시 30분에 차를 타면, 여섯 시간 반이 지난 저녁 8시경에나 도착하는 거리니까.

고속도로에 진입도 하기 전에 밀리기 시작한 차는 그래도 조금씩 앞으로 나아갔다. 서울을 벗어나자 한낮의 햇살 아래 연초록의 산과 들이 산뜻하고 아름다웠다.

방학이면 잠깐 틈을 얻어 고향을 다녀오곤 했다. 그러니까 아주 덥거나, 아니면 몹시 추운 그런 때였다. 그런데 이 아름다운

담록의 계절에 고향으로 가는 기쁨을 누리는 건 부모님, 아니 어머니 덕분이다.

여기저기 흩어져 살던 가족들이 시간 맞춰 고향 집으로 모여들었다. 부모님이 결혼하신 지 예순한 번째 되는 회혼례와, 어머니의 여든 번째 생신인 팔순 잔치를 겸하기로 했기 때문이다. 마침내 아들, 며느리, 딸 여섯에 사위들까지 안방에 모였다. 어릴 때는 그렇게 넓고 컸던 안방이 왜 이렇게 좁아졌는지…….

이런저런 이야기로 꽃을 피웠다. 그런데 아버지께서 장차 어떻게들 살아갈 것인지, 또는 살면서 느낀 점을 한마디씩 하라고 말씀하셨다. 빙 둘러앉은 순서대로 제각기 입을 열었다. 맨 끝이 아버지 옆에 앉아계시던 어머니 차례였다.

"내 오늘까지 이만큼 살다보니까 말이다. 너희들에게 꼭 하고 싶은 말이 있다."

순간, 분위기는 조용하다 못해 경건하기까지 했다. 어머니는 힘주어 말씀하셨다.

"언제 어디서나 고맙고 감사하다는 마음으로 살아야 하는 기라."

흔하게 듣는 쉬운 그 말이 왜 그 순간 진한 감동으로 내 몸을 떨게 했을까? 아마도 어머니의 고달팠던 삶을 가까이서 지켜본 까닭이 아니었나 싶다.

아버지는 일제시대에 군청을 다니셨다. 그래서 해방된 뒤에는 스스로 죄인이라 하시며 그 어떤 공직도 단호하게 거절하셨다.

그러니까 공무원 노릇을 했던 아버지는 농사꾼도 일꾼도 장사꾼도 될 수가 없었다. 그렇다고 내세울 만한 공부를 하신 것도 아니었다. 그저 당신이 좋아하는 철학, 문학, 역사와 한문 서적을 가까이 하면서 평생을 사셨다.

그러니 자식들을 먹이고, 입히고, 교육시키는 일까지 어머니가 도맡아야 했다. 아버지는 세 아들 중 막내였기에 물려받은 논밭도 넉넉하지 못했다.

더구나 아버지의 두 형수는 자식을 셋씩이나 남겨둔 채 잇달아 세상을 떠났다. 그러니 그 여섯 아이들까지 어머니가 보살펴야 했다. 먹이는 것보다 입히는 게 문제였다. 긴 빨랫줄에는 언제나 검정색 물을 들인 광목천이 걸려 있었다. 어머니는 밤낮을 모르고 재봉틀을 돌렸다. 시집 올 때 마련해 온 그 싱가 재봉틀은 지금도 안청마루에 자리잡고 있다.

어머니는 학교 문 앞에도 못 간 무학이었다. 그런데도 자식들 교육에는 물불을 가리지 않으셨다. 물려받은 논밭도 교육비로 금방 팔려 나갔다.

처음에는 바느질 품삯으로 학비를 마련했다. 그러나 줄줄이 책가방을 든 학생이니 그 품삯으로는 어림도 없었다. 마당 한구석에 우리를 만들어 돼지를 기르고 닭도 쳤다. 나중에는 길거리에 나앉아 과일장사까지 마다 않고 하셨다. 그 때가 8남매의 일곱 째인 내가 고등학교에 다닐 무렵이었다.

어머니의 다리 신경통도 오십대 후반까지 나 때문에 고생하면서 얻은 병인지도 모른다.

밤이 깊어 모두들 잠이 든 뒤에도 나는 좀처럼 잠을 이룰 수 없었다. 내 좁은 소견으로는 어머니의 인생이 결코 고맙고 감사한 삶이 아니었다. 더구나 14년 전에 돌아가신 큰오빠는 어머니의 심장에 박힌 큰 못이다. 지울 수 없는 통증을 깊이 안고 사신다.

하찮은 작은 일에도 늘 불평과 불만이 많은 나의 지난날들이 부끄럽게 뒤돌아 뵌다.

오늘이 있기까지 내가 정녕 고맙게 감사드릴 분은 바로 어머니시다. 어머니는 그저 어머니가 아니라, 인생의 참 스승 같은 분이시다. 말보다 실천으로 생생한 가르침을 몸소 보여주시며 평생을 한결같이 사시는 분.

어두운 안청마루에서 옛날처럼 돌돌돌 재봉틀 돌아가는 소리가 들리는 듯하다.

정성껏 마련된 잔칫상 앞에서 큰절을 올리며 새롭게 다짐한다.

"언제 어디서나 고맙고 감사하다는 마음으로 살겠습니다. 어머니."

고향집 마당에 깔린 햇살이 오늘따라 더 눈부시게 빛난다.

(1991년)

아버지, 전 아직도 아버지의 딸이에요

아버지!

오랜만에 펜을 들었습니다.

아버지께 편지를 드린 지가 너무 까마득하여 기억조차 하기가 어렵습니다.

고등학교 때부터 부모님 곁을 떠났고, 한 달에 한 번 정도는 편지를 올렸습니다. 그런데 언제부턴가 편지를 쓰지 않았고, 이제는 편지 올릴 생각조차 하지 않게 되었습니다. 간단한 문안 인사는 전화로 대신하는 타성에 젖어버린 것입니다.

지난 겨울, 여든 번째 생신을 맞는 아버지의 모습을 뵈면서 다시금 생각하게 되었습니다. 몸도 마음도 그 누구 못지않게 꼿꼿하고 강하다고 믿었던 아버지셨습니다. 그런데 어느새 마음도 약해지셨고, 허리까지 그렇게 굽어지셨는지요?

아버지가 짊어지셨던 삶의 무게를 생각하면 어쩔 수 없겠구나 하면서도, 안타까움을 금할 수가 없었습니다.

일제시대 공무원을 지낸 죄인이라 하시며 해방 된 뒤에는 그 어떤 공직도 사양하신 아버지. 자신에게 가장 철저하고 엄격했던 분이셨습니다.

먹고살기도 어려운 처지였건만, 아버지는 있는 논밭을 다 팔아 우리 8남매의 교육비에 쏟았습니다.

"가장 값진 재산은 자식을 교육시키는 것이다. 그 재산은 누가 훔쳐갈 수도, 망할 염려도 없지."
라고 늘 말씀하셨습니다.

제가 아버지의 딸로 태어난 것이 얼마나 다행인지 모릅니다. 아버지는 아들 딸을 차별하지 않으셨습니다. 덕분에 저는 도시로 나아가 넓은 세상을 보며 학교를 다녔습니다.

여고 2학년 무렵이었던가요? 그 때 저는 열등감, 불안, 외로움을 심하게 앓고 있었습니다. 시골에서 중학교를 다닐 때는 자신이 여러 가지로 우수하고 남보다 잘한다고 믿었습니다. 그런데 그게 아니었습니다. 나보다 몇 배 우수하고 뛰어난 사람들이 무척 많다는 걸 알았습니다. 내가 얼마나 보잘것없는 존재인지를 깨닫게 된 것입니다. 자연, 주어진 현실이 불만스러웠고 성격도 원만하지 못함을 알게 되었습니다.

방학을 맞아 고향집에 대한 그리움은 간절하면서도 고향 친구들이 다 간 뒤에 혼자 뒤늦게 집에 간 적이 있었지요. 달이 훤하게 비치던 그 날 밤, 전등불도 켜지 않고 마루 끝에 앉아서 입을 열었습니다.

"아버지, 제 별명이 '모난 돌'이에요. 모난 돌은 남에게 상처를 주지만, 제 자신도 자주 상처를 받아요."

그 때 저는 그 별명을 스스로 비웃고 있었습니다.

"돌이란 말이다, 모가 나야 한다. 모가 난 돌이라야 기둥을 버티게 하는 주춧돌이 되고, 하다못해 담을 쌓는 데라도 쓰이는 거야. 둥글둥글하게 생긴 모 없는 돌은 돌로서의 제 몫을 다하기가 어렵지. 사람도 마찬가지야. 아버지는 네가 언제나 원만한 사람이기보다 주관이 뚜렷하고 개성이 강한 사람이 되길 바란다."

아, 아버지!

그 날 밤 아버지의 그 말씀 이후에 저는 조금씩 달라지기 시작했습니다. '모난 돌'이라는 별명이 싫거나 부끄럽지가 않았습니다. 오히려 모난 돌이 되려고 노력했습니다.

교대 졸업 후에 4년 동안 다니던, 초등학교 교사라는 안정된 자리에서 과감히 떠날 수 있었던 것도 제가 모난 돌이기 때문입니다. 다시 대학을 다녀 고등학교 교사가 된 것도 제가 모난 돌이기 때문입니다. 또 어렵게 대학원에 진학하여 졸업할 수 있었던 것도 제가 모난 돌이기에 가능했을 것입니다.

이제 제 나이가 사십을 넘었고, 눈가에도 잔주름이 생겼습니다. 두 아이를 낳아 키우면서 모난 돌의 모서리가 많이 무디어졌다고 여겼는데, 남편은 아직도 이렇게 말합니다.

"장모님의 반만 닮았어도 부드럽고, 따뜻하고, 상냥한 여자일 텐데……. 저 눈빛, 냉정한 말투, 깐깐한 성격, 그리고 황소 같은 고집은 장인어른을 꼭 **빼**다 박았어."

아버지!

전 아직도 아버지의 딸이에요. 아니, 언제까지나 아버지의 딸일 수밖에 없을 거예요.

항상 뵙고 싶은 아버지, 건강하게 오래오래 사시기를 빕니다.

다섯째 딸 춘희 드림

(1991년)

엄마 노릇

저녁 식사가 끝난 뒤였다. 거실에서 텔레비전을 보고 있는데 전화가 왔다. 텔레비전의 소리를 낮추고 수화기를 들었다.

그런데 5학년인 아들이 텔레비전 소리를 다시 높였다. 내가 다가가 소리를 낮추니까 다시 높였다. 통화를 계속 하면서 소리를 낮추라고 눈짓을 했다. 그러나 본 척도 안 했다. 텔레비전에서는 요란한 오락프로가 진행되고 있었다.

통화를 끝내고, 나는 큰소리로 꾸짖었다.

"전화 받는 그 사이를 못 참고 텔레비전 소리를 자꾸 높여?"

"큰 방에 가서 받으면 될 거 아니에요!"

너무도 당당한 뜻밖의 대답에 더 이상 말을 할 수가 없었다. 나는 회초리를 꺼내 들고 아들의 버릇을 고치기로 작정했다.

평소에도 텔레비전 앞에 앉으면 떠날 줄을 모른다. 아빠가 한마디 해야 겨우 일어서는데, 오늘은 아빠가 늦는다는 연락이 먼저 와 있었다. 나는 회초리로 녀석의 종아리를 두어 차례 사정없이 내리쳤다.

"왜 때려요? 왜 때려요?"

오히려 큰소리로 반항한다. 나는 너무도 기가 막혀서 때리기를 멈추었다.

"그래, 이제 보니 너를 낳아 잘못 키운 내가 매를 맞아야겠다."

회초리로 내 다리를 내려치기 시작했다. 아픔이 아픔으로 느껴지지 않고 오히려 슬펐다.

회초리가 부러지자 아들은 눈물을 흐리며,

"잘못했어요. 잘못했어요."

하며 내 손목을 막 붙잡는다. 중학생인 누나까지 달려들어 부러진 회초리를 빼앗는 바람에 한바탕 소동이 끝났다.

겨우 두 아이를 키우면서 나는 엄마 노릇이 얼마나 힘든가를 생각했다. 그리고 초등 교육도 받지 않았던 내 어머니의 훌륭함을 다시금 절감했다.

8남매를 엄하게 키우면서도 매로 다스리는 일은 거의 없었던 내 어머니. 친척이나 이웃 간에도 항상 친하게 지내야 한다는 걸 실천으로 가르치셨다. 음식은 물론 입다가 작아서 못 입게 된 옷도 깨끗하게 다시 손질하여 어려운 이웃들에 나누어 주셨다. 그 무렵엔 헐벗은 사람이 많아 헌 옷도 서로 가져가려고 했다.

웃어른에 대한 예의범절도 몸소 가르치셨다. 손님이 오셨을 때는 공손하게 맞아야 하며, 조용히 방문 여닫는 법, 물그릇은 쟁반에 담아 두 손으로 드려야 하고, 가실 때는 반드시 대문 밖에 나가서 인사를 하는 등등.

또 사람이 게으르면 짐승과 다를 바 없다 하시며, 부지런함을 강조하셨다. 누구보다 일찍 일어나 밤늦게 주무시면서도 결코 낮잠을 자지 않았다. 그 부지런함 때문에 시골 군청에 근무하시는 아버지의 적은 봉급으로도 자녀들을 다 중등 이상의 교육을 시킬 수 있었을 것이다. 수십 마리의 닭을 치고, 돼지도 키웠다. 때로는 과일 행상도 마다 않으셨다.

그리고 잘못을 저질러도 먼저 꾸짖지 않으셨다.

내 고향에서는 부엌을 정지라고 했다. 우리 집 정지는 문지방이 높아서 자주 걸려 넘어지곤 했다. 한번은 우물가의 어머니에게 그릇을 빨리 가져다 드리려다가 문지방에 걸려 넘어졌다. 소중하게 여기던 그릇을 깨뜨려 나는 겁먹고 있었지만, 어머니는 달려와 다친 데가 없는가를 먼저 확인하셨다.

"오늘이 이 그릇 운명의 날이구나."

그 부드러운 목소리와 표정이 아직도 기억 속에 남아있다.

고의가 아닌 실수로 잘못을 저질렀을 땐 너그럽게 감싸주는 가르침을 주셨다.

아직도 시커먼 멍 자국이 남아있는 내 종아리를 내려다보니, 고향의 늙으신 어머니 생각이 더욱 간절해진다.

'상대방의 저 허물이 내 허물의 그림자'라는 말씀이 불현듯 떠오른다.

이 달엔 두 아이들과 함께 짬을 내어 어머니를 뵈러 가야겠다. '엄마 노릇' 제대로 못하는 부끄러운 딸이지만.

(1989년)

소나무, 내 그리움의 나무여!

　며칠 전 신문에 소개된 글의 한 토막,
　'사람이 세상에 태어나면 금줄에 솔가지를 꽂아 부정을 물리고, 사람이 죽으면 소나무 관속에 누워 솔밭에 묻히는 것이 바로 우리의 인생이라고 했습니다. 그리고 그 무덤 속의 한을 달래주는 것이 바로 은은한 솔바람입니다.'
　그 글을 읽는 동안 내내 아버지에 대한 그리움을 떨칠 수가 없었다.
　편찮으시다는 연락을 받고도 바로 달려갈 수가 없었다. 하루에 다녀올 거리도 아니지만, 학교 수업 때문에 빠지기가 쉽지 않았다. 이틀 후면 주말이라 그 때까지만 기다려 주십사고 속으로 간절히 빌었다.

그러나 아버지는 그 토요일 새벽에 숨을 거두셨다.

우리 남매들이 둘러서서 입관을 지켜보았다. 겹겹의 수의로 감싼 아버지의 몸이 관속으로 들어갔다. 무거운 뚜껑이 관을 덮자 곧 내리치던 망치소리……. 이승과 저승을 가르는 그 아득한 느낌……. 눈을 감으면 지금도 그 소리는 내 가슴에 아픔으로 다가온다.

세 아들 중 막내로 비교적 교육을 많이 받으신 아버지는 농사꾼인 위 형제들보다 훨씬 적은 몫의 논밭을 물려받았다. 그러면서 우리 8남매를 먹이고, 입히고, 가르쳐야 했던 힘겨운 세월들. 물려받은 논밭은 자식들의 교육비로 해마다 줄어들었다.

"소중한 전답을 팔아 그까짓 딸까지 뭣에 쓸려고 공부를 시켜?"

큰집 어른들의 꾸지람에도 아버지의 마음은 흔들리지 않으셨다.

"최고의 재산은 자식을 교육시키는 일이다. 그 재산은 누가 훔쳐갈 수도, 망할 염려도 없으니까."

아버지는 자식 교육 못지않게 식물에도 관심을 쏟으셨다. 객지에서 학교를 다니다가 방학 때 집에 오면 이상한 꽃이나, 처음 보는 나무들이 뜰 안에 자라고 있었다. 그리고 해가 바뀌면 씨앗이나 어린 묘목을 여러 사람에게 나누어 주곤 하셨다.

아버지는 나무 이야기를 자주 하셨는데, 그 중에서도 유별나게 소나무를 좋아하셨다. 가장 한국적인 나무이며, 정신과 물질의 두 가지 면을 완전하게 갖춘 나무라는 것이다.

"소나무는 민족의 지조와 절개를 나타내는 표상으로 단연 으뜸이지. 흉년에는 소나무의 속껍질을 벗겨서 목숨을 이어나갔어. 추석이면 빼놓을 수 없는 음식이 송편이요, 노란 송홧가루를 꿀이나 조청에 타서 만든 다식의 맛은 또 어떻고……. 소나무는 한방의 약재로도 다양한 효험을 지녔단다."

소나무는 집을 짓는 재목뿐 아니라, 요긴한 땔감이기도 했다. 내가 초등학교를 다녔던 1960년대 초에도 밥을 짓거나 온돌방을 덥힐 때 소나무 장작이나 갈비(솔잎)를 이용했다.

소나무와 잣나무는 정월正月의 나무다. 추사 김정희 〈세한도歲寒圖〉에서도 추운 겨울이 되어야 소나무와 잣나무의 기백이 비로소 드러난다고 했다.

이번 겨울 방학에는 먼저 아버지의 산소부터 다녀올 계획이다. 일제 때 공무원을 지낸 죄인이라며 해방된 뒤에는 그 어떤 공직도 끝내 사양하셨던 분. 남에게 조그만 피해도 주지 않으셨고, 불의와 타협할 줄 몰랐던 그 팔십 평생은 한결같이 푸른 소나무와 같은 삶이었다.

이제 아버지의 그 정답던 이야기는 어디에서도 들을 수가 없다. 그러나 산소 옆의 소나무 숲에서 들려오는 솔바람 소리는 나의 이 그리움을 조금은 달래줄지도 모른다.

(1996년)

종아리 때리는 어머니의 심정

하느님은 몇 살이지?

식구들이 둘러앉아 저녁밥을 먹는다.

갑자기 비행기 소리가 들려왔다. 어두운 창밖을 보며, 동원이가 소리친다.

"엄마, 저 비행기는 지금 어디 가?"

"글쎄, 어디로 가고 있을까?"

엄마는 수연이와 동원이의 얼굴을 번갈아 보며 고개를 갸웃거렸다.

"저녁밥 먹으러 가지 뭐!"

누나인 수연이가 서슴지 않고 말했다.

"아냐!"

동원이가 강하게 부정했다.

"그럼, 어디 가?"

엄마가 동원이에게 다시 물었다.

"할머니한테 가요. 시골 할머니한테."

"아하. 동원이가 지금 시골 할머니 생각을 하는 모양이지. 할머니가 보고 싶은 게로군."

아빠는 동원이의 머리를 쓰다듬었다. 비슷한 또래인 두 아이 생각이 이처럼 다르다면, 엄마나 아빠와의 생각 차이는 또 얼마이겠는가?

사는 동안 참 여러 가지 어려움에 부딪친다. 그 중에서 특히 엄마가 되고 난 뒤의 어려움. 또 아이가 묻는 질문에서 느끼는 황당함. 나 혼자만 겪는 일은 아니지만 반드시 같지도 않은 어려움이 아닐까!

"엄마, 저 꽃은 왜 피지?"

"이 세상이 보고 싶어서."

"이 세상이 왜 보고 싶어?"

"눈부신 햇빛, 노랑나비, 하얀 구름, 그리고 너처럼 예쁜 아이가 이 세상에 살고 있으니까."

동원이는 고개를 끄덕이는가 싶더니, 다른 질문을 시작한다.

"하느님은 몇 살이야?"

"글쎄, 넌 알고 있니? 하느님이 몇 살인지?"

"열두 살."

"어째서?"

"일 년이 열두 달이잖아요."

"그렇구나. 한 달에 한 살씩. 멋진 생각이야!"

하루는 공중목욕탕엘 같이 가서 목욕을 했다.

"엄마, 저 물속에 때 좀 봐."

"때가 왜?"

"물속에서 때가 춤을 추고 있어요."

물결이 흔들릴 적마다 때가 움직였다. 정말 춤추는 것 같았다.

"때도 물속에서는 신바람이 나는 모양이야."

동원이의 눈에는 욕탕 속의 하찮은 때까지 생명을 지니고 있었다.

지난 겨울, 어느 눈 오는 날이었다.

"엄마, 저 눈은 어디서 오지?"

"아득히 먼 하늘나라에서……."

"먼 데서 오는데 왜 옷이 깨끗해?"

"참, 그렇구나. 우리 동원이는 잠깐만 밖에서 놀다 와도 옷이 온통 더러워지는데……."

나는 중얼거리며 고개를 끄덕이지 않을 수가 없었다.

몹시 피곤했던 하루, 힘이 빠진 어깨를 벽에 기대고 앉았는데,

"엄마, 왜 그래?"

동원이가 걱정스런 표정으로 다가왔다.

"피곤하고 힘이 없어서 그래."

"그럼, 어떻게 해야 힘이 생겨?"

"글쎄, 잘 모르겠어. 네가 뽀뽀하면 힘이 생길 거야."

동원이는 엄마의 두 뺨에 입맞춤을 했다. 엄마는 기지개를 켜듯 팔을 올려 만세를 불렀다.

"야, 이제 힘이 생겼다."

동원이는 손뼉을 치며 좋아했다.

아이의 생각, 아이의 질문은 참 기발하고 신선하다. 이 기발하고 신선한 것들이 어른들의 고정된 관념이나 편견에 의해 뭉개져 버리지나 않는지?

나의 경우, 가능하면 그 대답이나 결론은 내 쪽에서 먼저 하지 않으려고 노력한다.

아이가 어떤 질문을 할 때는 아이 나름대로 어떤 답이 마련되어 있을지도 모르니까.

어른들은 관념이나 편견을 버리고 순수한 자세를 지녀야 한다. 적어도 아이들 앞에서만은.

아이들의 생각이나 질문을 진심으로 경청해야 한다.

아이들이 두려움 없이 묻고 말할 수 있도록 말이다. 이치에 어긋나는 터무니없는 말이라도 뭉개어서는 안 된다. 아이들이 마음의 눈을 열게 해야 한다. 그 눈으로 사물을 보고 말로 표현하는 힘을 길러주어야 한다. 그 힘은 육체적인 성장보다 더 소중히 여겨야 할 기쁨이 아닐까?

(1982년)

종아리 때리는 어머니의 심정

 십삼 년 전, 내가 울산에서 초등학교에 근무할 때의 일이니까 오래 된 얘기다. 같은 학년의 옆 반 선생님이 내게 와서 불평을 터뜨렸다.
 "초등학교에 있으려면 힘이 좋아야 해요. 특히 어깨나 팔의 힘이 좋아야 한다고. 난 팔이 자주 아파서 그만 물러나야겠다는 생각이 들 때가 많아요."
 "칠판에 판서할 것이 그렇게 많으세요?"
 "어휴, 이 햇병아리 선생! 내 팔이 판서 때문에 아픈 줄 알아?"
 "아니, 그럼……?"
 나는 어리둥절해서 물었다.
 "공부시간에 장난치는 녀석들, 변소 청소 안 하고 도망치거나 숙제 안 해 온 아이들······."

그들 때문에 지휘봉이 남아나지 않는다고 했다. 그러니 나무 막대기가 아닌 팔이 아픈 건 당연한 일이다. 가장 골칫거리는 계속 숙제를 해오지 않는 아이들이라고 했다. 첫날 한 대 맞고, 그 다음날 안 해오면 똑같이 한 대를 때릴 수 없다고 했다.

조금씩 강화하지 않으면, 때리는 성과를 거둘 수가 없다는 것이다. 그래서 한 대씩 시작해도 하루하루가 거듭될수록 어떻게 감당해야 좋을지 모를 지경이라고 했다.

"매를 안 때리면 되지 않아요?"

"도대체 어떻게 하려고?"

"말로 하지요. 잘 알아들을 수 있는 말을요."

"과연 그 아이들이 말로만 될까?"

옆 반 선생님은 고개를 가로저었다. 가르치는 입장에 선 교사들의 관점에 따라 차이가 있겠지만, 잘못을 체벌로 다스리는 것은 시간적으로나 정신적으로 틀림없는 낭비일 것이다. 그곳에서 4년 동안 근무했지만 나는 매로 때리는 방법은 적극적으로 피했다. 숙제의 경우만 해도 방과 후에 교실에 남겨서 못 했던 숙제를 꼭 해결하도록 했다.

물론 고학년보다 저학년일수록 체벌이 필요한 때가 있을지 모른다. 그러나 느닷없이 뺨을 때리거나, 출석부로 머리를 내리치거나, 발길로 차는 행위 등은 어떤 잘못을 저지른 학생에게도 교육적인 효과는 기대할 수가 없다. 체벌이 필요한 때는 냉정한 태도로 신중을 기해야 한다. 매나 회초리를 이용하여 손바닥을 한 두 번 때리는 것으로 끝내야 한다. 그러나 되도록이면 말로, 아니면 스스로 잘못을 종이 위에 적어 보게 하는 것이 옳다. 잘못을 한 쪽에서도 그 나름대로의 이유가 있을 테니까 말이다. 매로 다스리려면 때리는 쪽은 오히려 맞는 쪽의 입장에 서야 한다. 맞는 쪽의 아픔을 공감할 수 있을 때 비로소 때릴 자격이 주어질 것이다. 또 때리는 쪽의 반성도 때에 따라서는 필요하다.

"잘못은 내게 있어. 너를 이렇게 키웠으니 잘못은 모두 이 어미에게 있어."

딸을 때리려고 준비했던 회초리로 손수 자신의 종아리를 내리쳤더니, 딸이 울면서 매달리고 용서를 빌더라고, 재작년 우리 반의 어느 어머니가 말씀하셨다.

매 맞기 좋아할 사람이야 없겠지만, 나는 그 누구보다 매 맞는 일이 싫었다. 학교 다닐 적엔 특별한 이유도 없이 떠들었을 때 단체 기합이란 것이 있었다. 내가 학생들을 거의 때리지 않는 이유는 내 스스로가 때리는 일이 싫기도 하지만 매 맞기를 무척 싫어했기 때문이다.

소나 돼지야 말을 알아듣지 못하니 매가 필요할지 모른다. 그러나 사람은 이런 짐승이 아닌 까닭에 말로써 해결해야 한다. 한 번으로 안 되면 두 번, 두 번이 부족하면 세 번 네 번이라도 시도해야 한다.

사람은 미완의 존재인 까닭에, 아무리 훌륭한 사람이라도 잘못을 저지르면서 살기 마련이다. 어쩌면 신이 아닌 인간이기에 끊임없이 잘못을 저지르고 후회하거나 반성하면서 완성된 삶을 향해 나아가는 게 아닐까?

"사람이 곧 한울이다. 아이를 때리고 욕하는 것은 한울님을 때리고 욕하는 것이다."

나는 부모님으로부터 이런 말을 들으면서 자랐다. 그런 가정환경 덕분에 우리 8남매는 사람에 대한 존경을 먼저 익혔던 셈이다.

이제 두 아이의 엄마로, 학생들 앞에선 교사로서, 부모님의 그 가르침을 실천하는 단계라고 믿는다.

(1983년)

예비 학부모에게
― 개성을 존중하는 겸허한 자세

 초등학교에 입학할 아이를 둔 부모의 마음은 어떤 빛깔일까? 무지개의 일곱 빛깔로 다 그려낼 수 있을까? 아이가 한 명뿐이거나 첫 아이일 때, 그 마음은 어떤 말이나 글로도 표현할 수 없을 것이다.

 입학식 날 어떤 옷을 입힐까부터 시작해서 몇 반이 될까? 담임 선생님은 어떻게 생기신 분일까? 여자 선생님? 남자 선생님? 미용실에 가서 내 머리는 어떤 모양으로 할까…… 등등의 설렘으로 마음은 풍선처럼 부풀어 오른다.

 그러나 살아오면서 자주 경험했듯이, 그런 기대나 희망은 만족보다는 실망할 경우가 더 흔할 것이다. 그러니 부푼 마음을 진정시키고 다가올 현실에 대해 보다 구체적이고 차분하게 생각을 정리할 필요가 있다.

먼저 아이가 규칙적인 생활습관을 기르도록 도와주자. 아침에 일어나는 시간이 일정해야 한다. 서툴지만 이부자리나 잠옷도 스스로 정리하게 하자. 아침밥을 먹은 뒤엔 꼭 양치질을 해야 한다. 책상에 앉을 때는 바른 자세로, 허리를 펴게 한다. 허리를 구부려 책을 가까이서 들여다보면 눈도 나빠지고, 빨리 피로해져 책상에서 오래 버티질 못한다. 공부는 아이가 부담을 느끼지 않는 내용으로 조정해주자. 아무리 영양가 있는 음식이라도 지나치면 몸에 해롭듯이 어른의 입장에서 욕심 부리지 말아야 한다. 자칫 싫증을 느껴 공부를 멀리하는 역효과를 가져올 수도 있다.

둘째, 독립심을 길러주어야 한다. 부모나 선생님의 허락을 받아야 할 것도 있지만, 스스로 판단하고 해결하는 일이 많아지도록 해야 한다. 옆 짝이 지우개 빌려 달라는 것도 엄마에게 허락을 받아야 한다고 믿으면 곤란하다.

셋째, 건강에 유의해야 한다. 신입생은 교실보다 운동장에서 단체 수업을 하는 시간이 길다. 3월의 햇살은 따뜻해도 기온이 낮고 바람도 차고 매섭다. 무엇보다 추위에 떨지 않도록 해야 한다. 속옷은 잘 챙겨 입혀야겠지만, 겉옷도 값비싸고 멋을 부린 것보다는 활동하기 편하고 보온성이 높은 옷이 좋다.

또 학교에서 돌아오면 반드시 손발을 씻게 해야 한다. 감기나 비염, 동상 같은 질병에 노출되지 않도록 유의해야 한다. 음식은 골고루 먹고 체력관리를 잘하도록 도와주어야 한다. 편식도 걱정이지만, 과식은 더 큰 문젯거리다. 학교생활을 시작하면 식욕이 자꾸 왕성해질 것이다. 잘 먹는다고 맘껏 먹게 하다 보면 비만이 되기 쉽다. 비만은 동맥경화나 고혈압 같은 소아병의 원인이 되기도 하지만, 정신적으로 열등감을 불러일으킨다고 한다. 그러니 즉석식품은 가능한 한 절제할 수 있는 세심한 배려가 필요하다.

넷째, 사소한 좌절은 맛보게 하라. 공부나 운동, 또는 음악, 미술 등에서 자기보다 나은 친구들을 보고 못 견디는 아이들도 있다. 미워하다 못해 다른 학교로 전학 보내달라고 부모를 조르는 경우도 있다. 사람마다 제각기 얼굴이 다르듯 능력이 다른 것을 인정하게 해야 한다. 그 능력은 개인에 따라 발휘되는 시기가 빠를 수도 있고 늦을 수도 있음을 알게 해 주어야 한다. 그리고 공부 잘하는 친구보다 다른 면에서 자신의 나은 점을 찾아보게 한다. 부모는 그 쪽으로 관심과 칭찬을 아끼지 말아야 할 것이다.

다섯째, 예의 바르고 인사성 있는 어린이가 되도록 이끌어줘야 한다. 학교에만 보내면 학교가 다 가르쳐 주리라고 믿는 부모들이 많다. 교육은 학교의 힘만으로는 이루어질 수가 없다. 가정은 심성 함양의 바탕이 되는 곳이다. 가정에서 배운 말씨나 행동이 학교생활에 그대로 나타난다. 웃어른에게 높임말을 쓰거나, '학교에 다녀오겠습니다.'라고 머리 숙여 공손하게 인사하는 것도 먼저 부모가 깨우쳐 주어야 한다.

여섯째, 아이들의 잘못에 대해 너그러워야 한다. 어른도 그렇겠지만 아이들이 처음부터 잘하기는 어렵다. 일부러 또는 실수로 잘못했을 때, 부드럽고 친절한 태도로 대해야 한다. 그래야 같은 잘못을 다시는 저지르지 않을 것이다. 바로잡아준다고 나무라면 오히려 주눅이 들어서 잘못을 반복할 수 있음을 기억하자.

일곱째, 주변을 이해하는 여유를 가지게 한다. 사립학교의 경우는 다르겠지만, 학교의 여건에 따라서는 여러 계층의 아이들이 모여들 것이다. 아이들이 모두 좋은 환경에서 자라고 있는 것은 아니다. 경제적으로 어려울 수도 있고, 한 쪽 또는 양쪽 부모가 없는 결손가정의 아이들도 있을 수 있다. 학교에 가기 싫다는 아이들의 이유 중에, 학급 아이들 몸에서 냄새가 난다. 머리에 이가 있다, 옷이 더럽다, 손톱에 때가 끼었다고 이야기한다. 그럴 때마다 부모가 불평하는 아이의 편에 서는 것은 곤란하다. 그럴 수밖에 없는 어려운 처지를 조금이라도 이해시키려고 노력해야 한다.

여덟째, 물건에 대한 소중함과 절약 정신을 익혀 주어야 한다. 부모는 아이의 물건에 반드시 이름을 붙여 분실할 경우에도 도로 찾을 수 있게 해야 한다. 책, 공책 외에 연필, 지우개, 칼, 가위, 풀 등 하나하나도 자기 것을 챙길 줄 아는 습관을 가져야 한다. 없어졌다고 금방 새로 사주는 부모가 되어서는 안 된다. 그리고 필요한 사용처를 확인하기 전에는 돈을 주지 말아야 한다. 군것질, 오락실, 만화 가게 등 좋지 못한 행동들은 다 돈이 그 원인임을 명심해야 한다.

끝으로 아이가 하는 이야기를 귀 기울여 듣고, 또 말할 기회를 많이 만들어 줄수록 좋다. 그 이야기가 우습고 유치하지만 진지하게 고개를 끄덕이며 공감해 줄 줄 알아야 한다. 그래서 아이가 긍정적인 생활 태도를 지닐 수 있도록 지켜 주어야 한다.

아직 어리고 모든 것이 서툴지만, 어린이는 그 자체로서 인격체이지 어른의 미완성이 아니다.

부모가 아이의 개성을 존중하는 겸허한 자세로 창의력을 발휘하도록 일정한 거리에 있어 준다면, 아이는 자유롭고 행복하게 학교생활을 하게 될 것이다.

(2000년)

스승의 날에 받은 시집

지난해에 이어 올해 '스승의 날'에도 크고 작은 이야기가 있었다. 그 중에서 아주 오래된 추억과 관련된 나의 이야기!
작년 '스승의 날' 아침, 나는 한 권의 시집을 우편으로 받았다.
시집의 제목은 『바다를 팝니다』였다.
표지를 넘기다가 나는 당황했다.

존경하는
박춘희 선생님께 바칩니다.
2003. 5. 13. 권주열 올림

잘 모르는 작가들로부터 간혹 새로 나온 책이 온다. '받아 간직하여 주십시오.'의 의미 그대로 내 이름 뒤에 '혜존惠存'이 붙여진 경우가 대부분이다.

그런데 '존경'도 거북한데, '바칩니다.'라니!

괜히 얼굴까지 달아올랐다.

저자의 사진을 봐도 누군지 잘 모르겠다. 시선을 약력으로 옮겼다.

1963년 울산에서 태어났으며 어릴 때 소아마비를 앓았다. 숫대문학에 추천 되었으며 울산문학 신인상과 숫대문학 본상을 수상했다. 현재 수요시 포럼 동인이며 바닷가에서 약국을 하고 있다.

정신이 번쩍 들었다.

울산에서 초등학교 교사로 근무할 때, 교사 4년차에 4학년 담임을 맡은 적이 있다. 그 때 우리 반에 소아마비로 목발을 짚는 아이가 있었다. 자세히 사진을 들여다보니 분명 그 아이의 얼굴이 나타났고 이름도 틀림없었다.

무심코 받았던 우편물 겉봉의 주소도 다시 보았다.

울산시 북구 정자동…….

시집을 한 장씩 넘기며 읽기 시작했다.

퇴근하여 집으로 갈 때는 옆자리에 시집을 놓고 운전했다. 차가 신호에 걸려 멈추는 잠깐 사이에도 시 한 줄을 읽고 음미했다.

아파트 현관을 들어서자마자 나는 옷도 갈아입지 않고, 벽장

속 선반 위의 '보따리'를 찾았다. 울산에서 지낸 4년이 고스란히 간직되어 있는 그 보따리!

그 속에서 마침내 주열이가 보낸 편지를 찾아냈다.

1974년 2월, 4학년 담임을 끝으로 나는 학교를 그만두고 상경했다. 동국대학교 국문과 2학년에 편입하여 다시 대학생이 된 것이다. 1975년 가을 『소년 중앙』 창간기념 중편 동화 공모에 「가슴에 바다를 담고」가 당선되었고 그 무렵에 주열이의 편지를 받은 기억이 떠올랐다.

누런 편지지와 봉투, 연필로 쓴 희미한 글씨였지만 읽어내려 가는 동안 글자는 살아났다.

선생님께,

선생님 그동안 안녕하시온지요?

저는 선생님께서 복산국민학교에 근무하실 때 선생님 밑에서 공부한 주열이옵니다.

지금 여기는 선생님의 사랑을 나누어 받은 저희들은 모두 졸업을 앞두고 잘 있습니다.

세월의 흐름이, 엊그제 같이 떠나신 선생님을 멀게 하려 합니다.

비록 선생님께는 작은 일에 불과하지만 저로서는 선생님의 그 고맙고 따스한 친절에 어쩔 줄 몰라 하던 때가 지금은 그 모든 것이 조그마한 웃음으로 변하고 맙니다.

지금도 선생님의 덕택으로 일기는 여전히 쓰고 있어요. 가끔 쓰기

싫은 때는 늘 일기를 관심 있게 돌봐주시며 틀린 철자법을 하나하나 고쳐주시던 선생님을 생각하며 부끄러움과 고마움이 한 덩어리로 엉켜 간단하게 쓰곤 한답니다.

그리고 선생님, 부끄러운 이야기지만 선생님께서 담임하시기 전만 해도 저는 저의 포부를 별로 생각한 일이 없었습니다.

그런데 선생님께서 가끔 가슴 뭉클해질 듯한 동화라든지 늘 글짓기에 취미를 가지도록 힘써 주셨기 때문인지 꼭 훌륭한 문학가가 되기로 결심했습니다.

그래서 여러 번 대회에 참석했으나 저에게 낙심만 안겨 주었어요. 그렇지만 그 때마다 안델센 같은 여러 문학가의 책도 보며 가끔 시도 짓고 있습니다.

그런데 얼마 전 선생님께 쓰신 「가슴에 바다를 담고」라는 동화를 봤어요. 그 옆에는 선생님의 모습이랑 여러 가지가 적어져 있어 무척이나 반가운 감정에 바쁘신 선생님께 폐가 되지나 않을까 하는 염려를 하면서도 짧은 편지 속에서라도 선생님을 만나 뵙고 싶어 보잘 것 없는 저의 서신을 드립니다.

선생님 그럼 몸 건강하시고 주님의 따스한 손길이 선생님께 오래오래 머물기를 기도드리겠습니다.

안녕히 계십시오.

제자 권주열 올림
1976년 1월 23일

그 시절, 4학년 교실에서 주열이는 한쪽 겨드랑에 목발을 끼고 서 몸을 지탱했다.

내가 담임을 맡고서 안타까웠던 것은 몸이 불편하다는 핑계로 그가 대부분의 학습활동에서 소외되고 있다는 점이었다. 스스로도 어쩔 수 없었겠지만, 주변의 도움이나 배려가 별로 없었다. 3학년까지는 교실이나 지키며, 체육시간이면 당연히 빠지는 것으로 되어 있었다. 운동장에서 수업을 하다가 무심코 교실 쪽으로 고개를 돌려보면 창가에 턱을 놓고 운동장에 있는 친구들을 내다보는 주열이가 눈에 띄었다.

나는 체육시간에도 주열이를 운동장으로 데리고 나가기로 했다.

뛰지는 못해도 응원은 할 수 있기 때문이다. 피구를 할 때는 그 자리에 서서라도 공을 받게 했다. 방과 후에는 아이들과 함께 남겨 글짓기를 지도하기도 했다.

그리고 내가 지은 동화 중에서 소아마비로 놀림 당하며 힘들어하는 아이의 이야기를 들려주었다. 몸이 불편할 뿐이지 나머지는 다른 아이들과 똑같다는 사실을 그 주인공을 통해 일깨워 주려고 노력했다. 학급 아이들이 주열이를 대하는 태도에 변화가 일어났다. 늘 힘이 없고 얼굴이 하얗던 주열이의 모습도 달라졌다. 몸놀림이 어색해도 부끄러워하지 않고 아이들과 자연스럽게 잘 어울렸다.

나는 오래 전에 받았던 주열이의 그 편지를 복사했다.

그 옛날을 떠올리며 몇 자 적어 복사한 편지와 함께 보냈다.

그리고 그냥 또 바쁘게 살았다. 학교는 일 년이 단위가 되기 때문인지 살다보면 한 해가 거침없이 흘러간다.

그런데 오늘 아침, 나는 또 한 권의 시집을 받았다. '수요시 포럼' 동인이 낸 시집이었는데, 그 속에 7편의 시와 편지가 있었다.

선생님 권주열입니다.

건강하시지요? 제가 선생님의 글을 받은 지 꼭 일년이 지납니다.

사실 답장을 당장 드리고 싶었지만 글 쓰는 지금도 너무 가슴이 벅차(아무것도 쓸 수 없을지 모르겠습니다.) 선생님의 편질 받고 몇 날 며칠 선생님의 편지만 만지작대다가 곱게 접어두었습니다. 저보다 30년 전의 저희 반에 대해서 더 많이 기억하시고, 저보다 저의 기억 저편을 더 많이 추억하시는 선생님께 그저 사무치는 아름다움으로만 남고 싶었습니다. 하지만 운 좋게도 저는 제 일생에 참 좋은 스승을 가졌기에, 초등학교와 중학교에 다니는 내 아이에게 선생님을 자랑하고 그 자랑 뒤에 다시 글을 올립니다.

초등학교 4학년 때 선생님께서 남다른 애정을 가지고 저에게 작문을 가르쳐 주신 덕분에 그 후 글에 대해 많은 관심을 가졌습니다. 고등학교에서도 문예반을 했습니다. 주로 시를 썼습니다. 그 당시 중앙대 문창과에 제 점수와 제 적성이 잘 어울렸지만 몸이 불편한 여건 등을 감안해서, 부산의 경성대학 약대에 진학하게 되었습니다. 다행히 그곳에서 시인 이형기 선생님을 만나 국문과 학생보다 더 많은 가르침을 받지 않았나 생각됩니다. 또한 대학 4학년 때 지금의 아내(유아교육학과)를 만나고 졸업 후 결혼도 했습니다. 큰 아이는 남자 애며 중학교 2학년입니다. 막내는 초등학교 5학년의 여자 애입니다. 줄곧 울산에서 약국을 하며 대학원에서 약대 박사과정을 했습니다. 하지만 시에 대한 열정을 유예시켰을 뿐 미련이 점점 더 가속이 붙어 작년에 선생님께 시집을 보냈습니다. 몇 년 전부터 시내를 벗어나 울산 변두리 바닷가에 약국을 내고 조용한 시간 틈틈이 작업을 하고 있습니다.

하지만 아직도 넘어야 할 산이 많기에 더욱더 겸손하게 정진하려는 맘가짐입니다.

선생님!

두서없이 저의 행적을 늘어놓았습니다. 선생님이기에 제 모든 것을 이해하리라 믿습니다. 늘 고맙습니다.

제자 권주열 올림

2004년 5월 13일

나는 교사가 되어 살아가고 있음에 감사를 드린다.

다시 태어나도 교사가 되고 싶다.

교직에서 물러나는 그 날까지 학생들을 진심으로 사랑하고 최선을 다하리라 다짐해 본다.

시인이 된 주열이를 아직 만나지 못했지만, 흠씬 시에 젖어 사는 모습을 상상하며 그의 시 한 편을 옮긴다.

한 때 시에 미친 적이 있다. 정말 미쳤다. 밥 먹다가, 똥 누다가, 생업에 종사하다가도, 욱신대는 치통처럼 시만 생각했다. 그 시가 어느 날 강동 바닷가 간판마다 팽팽하게 적혀 있었다. 눈 비비고 다시 봐도 영남낚 시, 강동낚 시, 동해낚 시, 신명낚 시, 울산낚 시, 정자낚 시, 제일낚 시, 그 낚시점 낚싯줄에 시가, 바늘 끝을 물고 투명한 비명을 지르고 있었다.
—권주열의 「낚시점을 지나며」

(2004년)

글쓰기에 나타난 동심

우리 학급은 70명의 4학년 여학생 반이다.

나는 되도록 어린이의 입장이 되어 그들을 이해하려고 노력했다. 말 못할 걱정으로 고민하는 어린이의 경우, 그 마음속 그늘에서 벗어나도록 해주려고 애를 썼다. 눈치 채지 못하게 얼굴 표정이나 행동을 주의깊게 살피면서.

그리고 틈새 시간을 이용하여 종이를 한 장씩 나누어 주었다.

"지금, 가장 큰 걱정이 무엇이지? 아무한테도 말할 수 없는 고민거리는? 선생님에게만 털어 놓고 싶다면?"

몇 가지 질문을 한꺼번에 던졌다. 물론 이름은 밝혀도, 안 밝혀도 좋다고 했다. 글씨체나 내용 등으로 누구의 글인지는 나름대로 알 수 있기 때문이다.

그 중에서 몇 개를 골랐다.

〈쪽지 1.〉

나는 순정이와 학교에서 싸우지는 않지만 사이가 나빠서 고민거리입니다. 순정이와 사이가 친하는 게 내 소망입니다. 선생님.

〈쪽지 2.〉

지선이는 동화책을 빌려 줄라케도 빌려주지 않습니다. 빌려주는 아이만 내내 빌려주고, 안 빌려주는 사람은 한 번도 안 빌려줍니다.

〈쪽지 3.〉

일기를 쓰고 싶은데 밤이 되면 자꾸 일기 숙제를 잊어서 고민입니다.

〈쪽지 4.〉

나는 선생님의 마음을 도무지 알 수가 없다. 선생님 말만 들으면 정말 훌륭한 사람이 될까?

〈쪽지 5.〉

선생님 저는 매일 도라지를 까고 째고 합니다. 아버지는 딴 데삽니다. 아버지는 시골에 있습니다. 저는 공부를 할 때도 마음이 불안합니다. 그것은 빨리 가서 도라지를 까고 째야 하기 때문입니다. 밤 12시가 넘어도 우리 가족은 누워 자면 안 됩니다. 왜냐하면 도라지를 다 째지 못해서 그럽니다.

저는 교실 청소를 할 때는 더 빨리 집에 가서 도라지를 까야 합니다. 그런데 어떤 아이는 청소를 하지 않습니다. 청소를 안 하는 아이가 나는 제일 밉습니다. 오늘은 엄마가 아파서 시장에 가지 못했습니다. 나는 우리 엄마가 불쌍합니다.

〈쪽지 6.〉

우리 집은 몹시 가난한데다가 식구도 많아서 아버지 어머니께서 걱정을 많이 하십니다. 그리고 우리 언니와 오빠가 중학교에 다니는데, 학비를 못 내어서 학교에 가면 매일 선생님께 꾸중을 듣는답니다.

그런데도 불구하고 집도 우리 집이 아니라서 더욱 걱정을 하십니다. 그러니까 어서 우리가 커서 남들같이 잘 살아봐야겠다는 결심이 떨어지지 않습니다.

위의 쪽지를 보고 느낀 내 생각이다.

〈쪽지 1.〉 글을 써 낸 학생은 학급 부회장인 순정이를 몹시 따른다. 그러나 그들 사이에는 어머니들의 원만하지 못한 관계(곗돈으로)가 가로막고 있었다. 가정방문 후에 안 사실이다.

〈쪽지 2.〉 지선이는 학급 도서부장이다. 성격이 원만하고, 침착

하며 매사에 선량한 편인데, 쪽지 글로 다른 모습을 알게 되었다.

〈쪽지 3.〉 다복한 가정의 막내둥이로 성적도 우수하며 누구에게나 귀염 받는 어린이다. '일기를 쓰지 않고 넘길 만한 하루라면 알차게 보낸 생활이 아닐까!' 속으로 중얼거리는 내 입가에 웃음이 번진다.

그러나 아직은 나이가 너무 어리다. 사는 동안 알게 모르게 잘못을 저지를 수 있는 게 사람이다. 어린 시절부터 자신을 돌아보며 반성하는 습관을 기르기 위해서라도, 일기는 꾸준히 써야겠지.

〈쪽지 4.〉 칠판 위에 걸어 둔 세계 지도에, 140개의 까만 눈망울들이 집중된 사회시간이었다. 다른 나라에 비해 우리 국토가 너무 좁다고 '우우' 소리 내며 아이들이 실망했다. 그 순간을 포착하여 난 목소리를 높였다.

"여러분들에게 우리나라의 앞날이 달려있습니다. 국토는 좁아도 여러분이 열심히 공부해서 훌륭한 사람으로 자라면, 면적이 큰 나라보다 강한 나라가 될 수 있고, 세계를 이끌어 갈 수도 있습니다. 그러니까……."

세계 지도 속의 우리나라를 들여다보며, 담임의 말에 고개를 갸웃거린 어린이!

〈쪽지 5.〉 아침에 일찍 등교하여, 교실에서 숙제하는 것을 가끔 보았다. 동작이 민첩하며, 생활 태도는 '성실하다' 는 한 마디로 대신할 수 있는 어린이다. 어린이가 아니라 어른보다 더 어른 같아서 안쓰럽다.

〈쪽지 6.〉 가장 슬픈 일이다. 70명의 어린이 중에서 50명은 걱정거리가 결국 '돈타령'이다. '돈'은 살아가는 데 필요불가결한 것이지만, 돈 때문에 이렇게 어린 나이부터 고달프고 힘들어야 할까?

얼마 전에 장기 결석한 학생을 찾아갔다. 산비탈 판잣집에는 홀어머니 어깨에 매달린 식구가 여섯. 품삯만으로 생계를 유지하기가 어려워 날마다 밀가루 죽으로 끼니를 잇는다고 했다.

세 살 난 동생이 밥 달라는 소리, 죽은 먹기 싫다고 칭얼거리는 모습을 보았다. 우리 학급에서는 곧 '쌀 한 줌 모으기' 행사를 벌여 쌀과 보리 몇 되씩을 마련하여 전해주었다. 붉게 물든 저녁 하늘이 조금도 곱게 느껴지지 않는 산등성이 길을 걸으면서 학급어린이 대표들도 참새 같은 입을 꼭 다물었다.

그 어린이에게는 육성회비 면제와 교과서 무상 지급의 혜택이 주어졌지만, 당장 배고픔이 해결되지 않는데, 무슨 소용이랴!

울산은 전국적으로 개인 소득이 비교적 높은 곳이다. 우리 학교가 있는 곳도 형편이 아주 어려운 동네는 아니다. 그렇다면 우리나라 전 지역에는 얼마나 많은 어린이들이 가난 때문에 고통을 겪고 있을까?

가난을 일찍 안다는 것이 어떤 의미에선 삶에 보탬이 될 수도 있다. 그러나 어린이들이 배고픔의 고통은 겪지 않았으면 좋겠다. 어린이들이 가난에서 벗어나 맘껏 웃고, 떠들고, 노래하고, 꿈꿀 수 있는 그런 날이 빨리 왔으면……

대학을 졸업기 전까지 나는 세상에 무관심했다. 자선慈善이나 봉사奉仕도 모르고 살았다. 또 어린이들은 순진하며, 동심의 세계는 티 없이 맑고 깨끗하다고 여겼다.

그런 막연한 기대로 교단에 섰다가 당황하지 않을 수 없었다. 집이 가난하다고, 아버지가 날품팔이꾼이라고, 떨어진 옷을 입었다고, 뒤꿈치가 홀랑 닳은 신발을 신었다고, 소아마비로 다리를 절름거린다고, 도와주거나 감싸주기는커녕 재미삼아 놀리고 괴롭혔다.

그러니 싸우다가 힘이 모자라는 어린이는 개미라도 밟아 짓뭉개야하고, 개구리를 잡아 배에 바람을 불어 넣어 고통스러워하는 모습을 보고 분을 풀어야 했다.

처음 얼마동안은 내 스스로도 혼란스러웠다. 그러나 곧 이 모든 것이 어린이들만의 잘못이 아니고, 또 그런 어린이가 전부가 아니라는 것도 알았다.

흔히 말하듯, 어린이들의 세계가 그렇게 맑고 깨끗한 것만은 아니었다. 어린이는 어린이대로 크고 작은 괴로움과 슬픔, 외로움을 겪고 있었다. 때론 어린 마음들이 감당하기에 벅찬 경우도 많았다.

인격 형성의 바탕이 되는 때가 어린 시절이라고 한다. 어른들은 어린이의 내면세계가 참되고 바르도록 깊은 관심과 애정으로 보살펴야 한다.

5월이면 거리에는 현수막이 내걸린다. 또 '어린이는 인격체이며 어른의 소유물이 아니다.'라는 내용의 글들이 신문이나 잡지에 실린다. 마치 해마다 5월이면 불어오는 따뜻한 바람처럼.

아빠는 과자 봉지를 안겨주신다. 엄마는 명절이나 생일 때, 고운 옷이랑 운동화를 사주신다. 손님들은 맛있는 과일이나 따발총 장난감도 선물로 주신다. 그 때마다 즐거워하는 어린이를 보며 어른들은 최선을 다했다고 생각한다.

오늘의 사회가 날로 삭막해지고, 인정이 메말랐다고 한탄하면서도, 물질이나 번지르르한 겉치레에 더 관심이 많다.

학교 문예반에서 나온 학생의 글이다.

바둑이

5학년

우리 집 개 이름은 바둑이입니다.

한참동안 숙제를 하다가 싫증이 나서 마당에 나가 보았습니다.

……

대문간에 앉아 있던 바둑이가 달려 나갔습니다.

……

어머니 털옷을 훔쳐가는 도둑놈의 바지가랑이를 물고 늘어졌습니다. 시장에서 돌아오던 식모언니가 떨어진 털옷을 발견하고, 소리를 질러 도둑을 붙잡았다는 것이었습니다. 그 이야기를 듣고 개를 살폈더니, 대문 앞에서 귀를 쫑긋 세우고 제법 의젓하게 서 있지 않겠어요! 그 때처럼 바둑이가 영리하고 기특하게 보인 적은 없었습니다.

사람에 따라서는 잘 썼다고 칭찬도 할 수 있을 것이다. 그러나 이 글에는 알맹이가 빠져있다. 도둑이 왜 도둑질을 했을까? 쌀이 없어 여러 끼를 굶지나 않았을까? 도둑의 집 식구는 누구누구일까? 혹시 병든 어머니의 약을 사기 위해 도둑질을 하게 된 것은 아닐까? 왜 털옷을 훔쳤을까? 이런 생각들로 도둑의 입장이 되어 본다면 어떨까?

보이지 않는 것을 볼 줄 아는 눈이 없으니, 글에도 깊이가 없다. 인정人情이 있고, 마음의 눈을 가질 때, 내면세계도 한층 풍요로워진다.

그것은 저절로 이루어지는 것이 아니다. 좋은 책을 많이 읽게 하고, 아름다운 이야기도 자주 들려주어야 한다. 스스로 읽고, 듣고, 느끼고, 생각할 힘이 길러질 때까지.

나는 어린이들 앞에 엄하고 무서운 선생님이 되고 싶지 않다. 서로 마음이 통하고, 아이들과 눈맞춤을 하며, 그 맑은 눈빛을 조금씩 닮아가는 선생님이 되고 싶다.

(1973년)

일요일 아침에

아침 6시 15분. 그의 독촉에 못 이겨 간신히 눈을 떴고, 곧 수산시장으로 향했다. 현관을 벗어나면서부터 느꼈지만, 아침은 이미 활짝 깨어 있었다. 활발하게 움직이는 사람들의 모습을 차창으로 내다보면서, 조금 전까지 깊은 잠 속에 취해 있던 자신이 조금은 부끄러워졌다.

수산시장. 입구에 들어서면서부터 물씬 풍겨 나오는 그 풋풋한 갯냄새, 고향 냄새. 일요일 아침마다 단잠을 깨워도 짜증 부리지 않고 그이를 따라나서는 건 아마도 이 풋풋한 갯냄새, 고향 냄새 때문이 아닐까?

도미, 광어, 조기, 갈치, 명태, 고등어, 병어, 가물치, 홍어……. 헤아릴 수 없이 많고도 많은 생선들이 상자 속에 담겨 저마다 싱

싱함을 뽐내는 듯하다. 각종 조개류가 즐비하게 놓여 있는 가게 앞을 지날 때면, 폐부 깊숙이까지 와 닿는 그 특유의 향기로움. 혓바닥 가운데로 군침이 모인다.

비단조개, 모시조개, 대합, 꼬막뿐만이 아니다. 해삼, 멍게, 전복, 소라 등 진귀한 바다의 보물들이 저마다 살아온 바다를 얘기하기에 숨가쁘다.

게는 정말 살아서 발가락을 꼼지락댄다. 장사꾼과 장사꾼의 흥정, 장사꾼과 주부들의 흥정, 사고파는 활기찬 기운에 둘러싸여 나는 잠시 어느 소설 속의 한 페이지를 떠올린다.

'시장에는 살아 움직이는 생동감이 있고, 생생한 음악이 있고, 꿈이 있다.'

수산시장, 그곳엔 확실히 살아 움직이는 생명과 복합된 꿈이 흘러넘친다. 갈치 한 상자에 사천 원. 한 상자에 담긴 갈치 수는 육십 마리 정도였다. 그 많은 양을 다 보관할 수가 없어 다른 사람과 반 상자씩 나누어 샀다. 2천 원어치의 갈치가 비닐 광주리에 가득하다. 아직 굵게 자라지 못한 갈치가 우리의 식단을 위해 빨리 목숨을 잃는 것이 좀 미안하다. 그 외에 몇 가지를 더 사서 돌아왔다.

생선을 손질하는 곁에서 네 살 난 동원이가,

"엄마, 왜 고기 입 잘라? 고기가 아파 울잖아?"

"이 갈치는 말이야. 엄마가 이렇게 깨끗이 다듬어서 맛있게 동원이 입에 들어가기를 기다린단다."

"왜?"

"이 갈치를 먹으면 동원이가 키도 무럭무럭 자라고 손도 아빠만큼 커져서 훌륭한 일을 할 게 아냐?"

동원이는 아무 말 않고 가만 듣는다. 내 얘길 알아듣는지 못 알아듣는지? 아니, 내 얘기가 옳은지 그른지는 나 자신도 잘 모르겠다.

사람의 손에서 죽은 갈치가 과연 그런 생각을 할 수 있을까? 너무도 터무니없는 욕심이다. 사람들은 죽여 놓고도 거리낌 없이 적당한 이유를 붙여 신나게 먹는다.

이런 말이 어린 마음에 이기심만 심어 주지 않을까 두렵기도 하다. 어디 그뿐인가! 교단에 서서 몇 백 명의 학생들에겐 어떤 것을 가르치고 심어 주는지?

요즘 학생들이 어떻다는 식의 이야기가 들릴 때마다, 나는 정녕 교단이 두렵다. 그 소리는 바로 교단에 서서 가르치는 나를 향한 나무람으로 느껴지기에 말이다.

(1980년)

시험이 두려운 그대에게

2학년이 된 양희에게
—존재의 필요성

양희야!

5월이다. 교정엔 라일락 꽃향기가 그윽하구나.

지난해 이맘때 우리 반에서 벌어진 여러 가지 기쁘고 슬프고 아름다웠던 일들이 되살아난다. 그 중에서 너와 나 사이의 잊을 수 없는 편지 사건, 너도 잊지 못하겠지?

1학기 중간고사 성적표 나누어 주고 이어서 부모님의 도장이나 사인을 받아 다시 제출하기로 되어 있었지. 제출 마감일까지 넌 성적표를 내지 않고 대신에 편지봉투를 내밀더구나.

교무실에 와서 그 편지봉투 속을 보니 정성스럽게 쓴 편지 한 장! 맨 끝에는 성함과 함께 빨간 도장이 찍힌 네 어머니의 편지였다.

수업하느라 바쁘게 움직이면서도 나는 쉬는 시간마다 그 편지를 읽어보곤 했다.

학교에서는 교사지만 집에서는 나도 두 아이의 엄마였기에 편지에 담긴 네 어머니의 심정을 예사롭게 넘길 수가 없었다.

종례시간까지 그 편지의 답도 못 썼지만, 그냥 있기엔 마음이 편하지가 않더구나. 그래서 전화번호를 찾아서 돌렸더니, 네 어머니가 반갑게 받으셨어.

"양희 어머니, 보내주신 편지 잘 받았습니다."

"선생님, 편지라뇨?"

"오늘 아침 양희 편으로 편지 보내지 않으셨습니까?"

편지를 쓴 일도 보낸 적도 없다는 거야. 그러면서,

"선생님, 편지가 어떤 내용이었습니까?"

"잠깐만 기다리세요. 제가 편지를 읽어드리겠습니다."

나는 수화기를 든 채 편지를 읽기 시작했지.

선생님께서 보내주신 성적표는 잘 받았습니다. 선생님을 뵐 면목이 없습니다. 시험기간이 되면 학원에도 다니고 밤도 새우고 제 딴에는 한다고 하는 것 같은데, 성적에 진전이 없으니 괴롭기만 합니다. 그렇다고 매로 다스리자니 그것도 해결책이 아닌 듯싶습니다.

이런 부모의 마음을 잘 알 것 같은데, 무슨 영문인지 도대체 모르겠습니다.

요즘엔 나쁜 친구들과 교제를 하거나 늦게 들어오거나 하는 일은 없지만, 저로서도 조금은 의심이 갑니다. 하지만 제 나름대로 생각이 있을 테니 함부로 의심을 할 수도 없었습니다.

선생님!

저희 애 때문에 마음을 쓰시게 해드려서 정말 죄송합니다. 걔가 조그만 일에도 산만하게 신경을 쓴답니다. 생활도 규칙적이지 못해 걱정입니다.

선생님을 직접 찾아뵙지 못하고 이렇게 편지를 드려서 죄송스럽습니다. 학교 생활이 좋지 못하면 엄하게 다스려 주십시오. 선생님!

편지의 내용을 다 들으신 네 어머니는, 어쩌면 어미의 마음을 그렇게도 꿰뚫어 보았는지 놀랍다면서 웃으시더구나.

수화기를 놓고 난 잠시 동안 어리둥절했고, 마침내 온종일 속고 놀림당한 것 같아 화가 치밀었다.

다음날 아침, 일찍 출근한 나보다 더 먼저 온 네 쪽지가 책상 위에서 나를 기다렸다. 네가 쓴 쪽지의 끝부분에 이런 글이 있었지.

……선생님께서 제가 잘못한 만큼 실컷 때려 주세요. 이 말밖에 당장에는 드릴 말씀이 없습니다. 선생님께서 제 생일 카드에 '마음이 예쁜 양희가 되길 바란다.' 라고 하셨는데……. 죄송해요. 늘 말썽만 피우고 공부도 안 하는 제가 선생님과 부모에게는 필요 없는 존재인 것 같아요.

양희야!

그 날 수업이 끝나고 면담을 통해 넌 얼마만큼 내 마음을 알았으리라 믿는다. 물론 나도 너의 새로운 면을 보게 되었지만 말이다.

내가 왜 너에게 이런 편지를 보내는지 궁금하겠지?

학교에 오래 있다 보니 공부 잘 하고 똑똑했던 학생들도 기억나지만, 나의 경우는 그렇지 않았던 학생들이 더 잘 기억나더구나. 늘 말썽만 피우고 공부도 안 하는 네가 선생님과 부모에게는 필요 없는 존재인 것 같다고 했지? 네 존재는 선생님과 부모에게 필요할 때만 존재 가치가 있는 것이 아니란다. 네 존재의 필요나 가치는 바로 네 자신 속에 있는 것이고, 네 자신이 만들어 가고 있는 것이 아니겠니?

네 부모님께도 그렇겠지만 선생님에게도 네가 결코 필요 없는 존재가 아니다.

그 많은 학생 중에서 너에게 이 편지를 보내는 것이 네 존재의 필요성에 대한 답장이라고 말하고 싶구나.

보람 있고 알찬 2학년 생활이 시작되길 바라며, 지각하지 않는 양희가 되기를 부탁한다.

지난해 1학년 1반이었던 학생 모두를 그리워하며, 라일락 꽃 그늘에서 담임이었던 박춘희 씀.

(1991년)

고민하는 십대들에게

　차를 타고 반포대교를 지나 강북 쪽을 향하면, 용산 미군 부대가 자리잡은 높은 담벼락 길이 보인다. 그대로 곧장 가다보면 길이 둘로 나눠지는 걸 볼 수가 있다.
　어느 길을 택할 것인가?
　방향을 결정해야 할 지점이 있다.
　뒤따라오는 차들 때문에 그 지점에 이를 때까지 방향을 결정하지 않으면 안 된다. 무심코 또는 당황하여 목적지와 상관없는 길을 잘못 선택했다 해도 그 지점을 지나쳤다면 어쩔 수 없다.
　한쪽은 3호 터널을 지나 신세계 백화점 본점 앞길이 나오고, 다른 쪽은 남산의 2호 터널을 지나 장충동 국립극장을 만나게 될 것이기 때문이다.

십대!

청소년기라고도 하는 이 시기는 어쩌면 인생의 여러 방향 가운데 한 방향을 결정해야 하는, 그런 갈림길이 아닐까 싶다. 선택이란 언제나 가슴 설렘 못지않게 불안이나 갈등 같은 고민이 따른다.

나이 지긋한 어른들은 십대의 청소년기를 황금기, 격정의 시기, 분노의 계절, 이유 없는 반항기 등으로 표현한다.

그러나 정작 이 시기를 살고 있는 십대들은 그런 표현들을 실감하지 못한다.

십대 청소년기의 다양한 특성을 봐도 수많은 고민들과 직결되어 있음을 알 수 있다. 나는 누구인가? 과연 이 세상에 존재할 가치가 있는가? 이런 자기 확인이 바로 고민의 시작이다. 끊임없이 이어지는 시험이나 진로에 대한 공포 또한 어떤가! 시험이 인생의 전부가 아닌 작은 부분이라고들 한다. 그렇지만 그 작은 부분이 오히려 전체를 바꾸어 놓기도 한다.

그리고 주변 환경으로부터 오는 갖가지 호기심과 유혹의 손길이 신체적 정신적 갈등을 불러일으킨다. 새로운 풍조나, 인식, 가치관에 대한 판단의 혼란 역시 무시할 수 없다. 어려움을 참고 견디는, 또 이타적인 삶은 외면당하기 일쑤다. 점점 자기 본위의 편리와 이익을 추구하고자 한다. 물질적인 풍요가 지배하는 사회의 흐름은 때때로 도덕이나 인격을 서슴없이 짓누른다. 그래서 오늘을 사는 십대들은 옛날보다 훨씬 더 많은 고민과 불안을 느끼지 않을 수 없다.

  한 그루 어린 나무가 큰 나무로 자라려면 따스한 볕과 맑은 공기와 물이 필요하다. 그러나 그것만으로는 큰 나무로 자랄 수 없다. 거센 비바람과 된서리, 눈보라도 감당해야 할 것이다. 그런 과정을 다 겪고 이겨낼 때 마침내 큰 나무, 어엿한 인격체로 당당히 설 수가 있다.

  십대들이여!

  문제가 있다는 것은 고민이 따른다는 말이다. 고민이 따른다는 말은 살아있다는 의미이기도 하다. 고민이 없는 십대라면, 그것이야말로 가장 큰 고민거리다. 고민을 하되 고민에서 허우적거리다가 소중한 시간을 다 허비하지 말기 바란다.

  고민이란 나름대로 자신에게는 가장 절실하고 처절하게 느껴질지도 모른다. 그러나 한 발 물러서서 객관적인 자세로 그 고민의 모양과 색깔을 볼 줄 알아야 한다. 또 앞을 내다보며 생각의 폭을 넓히는 그런 고민이 되도록 해야 한다.

  예를 든다면, 자신을 위해 얼마나 땀을 흘리고 있는가. 친구를 위해 얼마나 눈물을 흘릴 수 있는가. 나라를 위해 얼마나 피를 흘릴 수 있을까를 고민해야 할 것이다.

                                                (1991년)

다시 여고생이 된다면

  3월의 바람은 아직 매섭다. 그러나 그 매서움은 겨울바람처럼 단순하지 않다. 신선함이 있고, 새싹을 데려올 향기로움도 은근히 스며있다.
  3월의 바람은 내 가슴에 심한 방망이질을 일으킨다. 새롭게 만날 얼굴들, 그 초롱초롱한 눈빛들에 대한 설렘일까? 글쎄다. 어쩌면 그 얼굴들 속에 끼어 있을 나를 만난다는 착각 때문인지 모르겠다.
  지금도 나는 나의 3월을 잊지 못하고 있다. 여중, 여고에 입학할 때마다 양장점에서 갓 찾아온 교복을 옷걸이에 걸어두고 온 밤을 잠 못 이루었다. 이 글은 여고생들에게 내가 바란다는 넓은 의미로 쓰는 게 아니다. 어쩌면 십 몇 년 전 옛날로 거슬러 올라

여고생이 되려하던 바로 나 자신에게 속삭이고 싶은 것이다.
　희야!
　3월의 하늘을 보렴. 유관순 언니가 생각나지 않니? 왜경의 총칼에도 두려움 없이 이 민족의 독립을 부르짖던 그 애국 소녀! 항상 나라와 민족을 생각하며, 자신이 무엇을 할 것인지를 아는 그런 여고생이 되었으면 한다.
　4월의 라일락 향기. 그 향기를 알지? 향기는 그런 꽃들만 가진 게 아니란다. 사람의 향기란 긴 시간 꾸준한 노력으로 가꾸어지지. 읽고, 생각하고, 행동하는 사이에 은밀히 쌓이는 그런 것이야.
　5월의 신록. 그 깨끗하고 청순한 모습의 여학생이 되어 주었으면! 교복 자율화 이후, 다들 넘치게 겉모양에 열중하더라. 이름난 상표를 골라 입어야 안심하는……. 속이 빈 사람일수록 겉모양에 신경쓴다는 말, 부디 기억해 주기 바란다.
　6월의 미루나무는 정말 꿈이 큰 존재야. 냇가에 줄지어 서서 높고 먼 하늘을 향해 그 커다란 꿈을 키우고 있잖아. 꿈이 큰 여학생! 꿈은 언제나 꿈이 아니란다.
　7월은 무더운 달이야. 그러나 시골에 나가보렴. 그 무더위쯤이야 아랑곳 하지 않고 콩밭에서 열심히 김매는 부지런한 사람들이 있단다. 공부도 부지런히 해야겠지만 손수건, 양말, 속옷들을 손수 빨 줄 아는 것이 공부 못지않게 중요하단다.
　8월의 태양에게선 그 순수하고 뜨거운 열정을 배워야 해. 자기의 일에 신념과 자신을 갖고 열정을 쏟는 여고생 말이야.

9월의 밝은 달밤은 알고 있지? 그 달님처럼 부드럽고 여유 있게 빛을 뿌리는 마음씨. 그런 마음씨는 자신뿐 아니라 주위 사람들의 삶까지도 부드럽고, 여유 있고, 윤택하게 해 준단다.

10월에 익는 열매에선 강한 책임감을 느끼지. 주어진 상황이 힘겹고 고통스러워도 그 상황을 승화시켜 튼튼하게 열매로 익히는 책임감. 책임감이 강한 여고생! 얼마나 아름다운가!

11월의 들판을 보았니? 제 몫의 일을 끝내고도 말이 없는 검은 흙들의 겸손. 겸손한 여고생이 되었으면 한단다.

12월은 한 해가 끝나는 추운 달이야. 그 추위 속에 맨몸으로 서 있는 겨울나무를 보렴. 욕심을 버린 삶, 이웃과 더불어 사는 삶을 깨닫지. 다른 사람들에게 보다 유익한 일을 하는 여고생. 봉사할 줄 아는 여고생 말이다.

희야!

내가 너무 욕심을 부렸는지 모르겠다. 하지만, 내가 다시 여고생이 된다면 나는 분명 이런 여고생이 되고 싶어. 정말이야.

(1985년)

매미의 노래

"맴맴 맴맴 맴맴 맴맴."

교실의 열린 창밖에, 매미 소리가 소나기처럼 쏟아진다. 방학 중 보충수업이라 4교시가 끝날 무렵이면 무더위가 실내까지 후끈하게 몰려온다.

"맴 맴 매앰 쓰르르……."

글쓰기에서 문체를 설명하다가 나는 슬그머니 입을 다물었다. 그리고 마음 속으로 설명을 계속했다.

'앞의 매미 소리가 산문체라면, 뒤의 매미 소리는 긴 여운을 남기는 운문체입니다.'

학생들의 시선이 교단 쪽으로 집중되었다. 갑자기 말이 끊어졌으므로 교실 분위기에도 긴장감이 돌았다.

나는 숨을 내쉰 다음 천천히 입을 열었다.

"지금 저 매미가 무엇을 노래했는지 말할 수 있는 사람?"

의외의 질문에 학생들은 까르르 웃음을 터뜨린다. 저만큼 뒷자리에 앉은 학생들은 책상을 손바닥으로 두드리며 즐거워했다.

"매미한테 한번 물어 볼까요?"

"선생님은 매미의 말을 아세요?"

"선생님, 매미 이야기 해 주세요."

5분 후면 수업이 끝나는 종이 울릴 것이다. 딱딱하고 재미없는 교과서보다 매미에 관한 이야기로 짧은 시간을 더 알차게 마무리하는 게 낫다는 생각이 들었다. 그래서 매미를 좋아했던 J의 이야기를 꺼냈다.

그는 대학에서 성악을 전공했다. 대학을 졸업하자 학군단 출신 장교로 군복무를 했다. 그는 군인이면서도 자신이 성악가라는 사실을 잠시도 잊지 않았다. 첫 휴가를 나와서 맨 먼저 달려간 곳이 모교의 성악 실기실이니까. 그는 마치 노래를 하기 위해 살아가는 사람 같았다. 틈만 나면 발성연습으로 목소리를 틔우고 다듬기에 온 정성을 쏟았다.

그는 소리를 내는 생명체라면 무엇이든지 소중하게 여겼다. 이름도 모르는 하찮은 풀벌레 소리에도 귀를 기울이는 섬세한 면을 지녔다. 그는 연습이 힘들거나, 목소리의 한계를 느낄 때마다 매미를 생각하면서 마음을 새롭게 한다고 했다. 나는 그에게 들었던 매미 이야기를 학생들 앞에 짧게 줄여서 옮겼다.

"매미는 여름 한 철, 그것도 일주일 남짓을 노래하기 위해 긴 시간을 땅속에서 보내야만 합니다. 애벌레에서 번데기가 되고, 번데기의 껍질을 벗어 매미가 되기까지 무려 7년의 세월을 기다립니다. 땅속의 그 깊고 무거운 어둠, 그리고 고통과 절망을 이겨내지 않았다면, 어찌 저토록 뜨겁게 내리쬐는 한낮의 땡볕에도 지치지 않고, 자기만의 찬란한 노래를 부를 수 있겠습니까?"

수업을 끝내고 교무실로 돌아왔다. 분필가루가 묻은 손을 씻으면서 손가락 사이로 빠져나가는 물줄기를 보았다. 어느새 스무 해도 넘는 그 여름들이 빠져나간 세월을 깨닫게 되었다.

J는 제대 후 외국으로 유학을 떠났다. 그리고 지금까지 소식이 없다. 내 기억 속의 J는 얼굴조차 희미하다. 그런데도 매미 소리를 들으면 이상하게도 그 목소리는 생생하게 되살아나곤 했다.

J 덕분에 매미소리는 내게 늘 새로운 의미로 다가왔다.

'삶을 뜨겁게 사랑해야지' 또는 '찬란한 내 노래를 부르기 위해 더욱······.' 이런 다짐을 하게 해 주었다.

매미가 부정적인 이미지로 나타나는 경우도 없지 않다.『이솝우화』와『라퐁텐 우화』가 그 대표적인 예다.

매미는 여름 내내 노래만 하고 놀다가 겨울이 닥치자 굶주림을 못 이겨 개미를 찾아간다. 그러니까 매미는 나태와 가난뱅이의 상징인 셈이다. 이 작품이 우리나라에서는 매미 대신 베짱이나 귀뚜라미로 번역되어 소개되었다.

반면, 동양의 유교 사회에서는 매미의 이미지가 긍정적인 쪽으로 더 강하게 나타났다. 매미는 다섯 가지 덕을 지닌 군자君子와 같다는 것이다.

첫째는 매미의 머리 부분에 관冠의 끈이 늘어진 형상이므로 문文의 덕이요, 둘째는 맑은 이슬만 먹고 사는 청淸의 덕이요, 셋째는 사람이 먹어야 할 곡식을 축내지 않으니 염廉의 덕이요, 넷째는 다른 벌레들처럼 집을 짓지 않고 나무 그늘에서 사는 검儉의 덕이요, 다섯째는 여름이 오면 어김없이 찾아와 노래하는 약속을 지키니 신信의 덕이라 했다.

이 오덕五德은 백성을 다스리는 이도吏道의 조건이기도 했다. 그래서 벼슬아치에게는 매미의 날개를 단 익선관翼蟬冠을 씌웠다. 또, 임금이 곤룡포로 정장할 때에도 이 익선관을 썼다는 것이다.

고대 희랍에서도 매미를 신에 비유한 사람이 있다.

트로이 전쟁을 소재로 한 영웅 서사시 『일리아드』를 완성시킨 시인 호메로스가 남긴 말이다.

'매미는 빵도 먹지 않고, 포도주도 마시지 않으므로 신과 같다.'

"맴맴 맴맴 맴맴 맴맴."

산문체의 매미 소리가 다시 들려온다.

"지금 저 매미는 무엇을 노래하고 있을까?"

교무실 창가에서 나직이 중얼거려본다. 단조로운 일상日常에서 이 물음은 내게 올 여름의 화두話頭가 될 것이다.

(1986년)

선생님의 편지

눈부신 햇살이 연둣빛 잎사귀에 신선하게 빛나는 5월이다.

우리 학교 교정은 이 무렵이면 아름답지 아니한 곳이 없다. 화단에는 색색가지의 꽃이 피고 운동장 둘레의 나무들도 봄옷으로 단장하고 서 있다. 강당으로 오르는 돌계단 옆의 응달진 언덕배기에도 철쭉꽃이 무르익어 황홀한 꽃 언덕을 이룬다.

이 교정에서 13년째 맞는 5월이다. 해가 바뀔수록 마음에 와 닿는 5월의 의미가 더 진하다.

여러 좋은 행사가 겹친 달이라서일까? 사십을 넘어 선 나이 탓일까?

학생들은 중간고사로 잠을 설쳐가며 시험공부에 몰두해야 하는 괴로운 시기다. 이 시험이 끝나면 수학여행, 개교기념일을 전

후하여 '연화제' 라는 축제가 열린다.

교내의 행사 외에도 학생회에서는 '어린이 날'을 뜻있게 보내기 위해 가까운 고아원이나 보육원에 학생들의 정성을 전한다.

또, '어버이 날'과 '스승의 날'에는 그 은혜를 조금이라도 보답하고자, 전교생이 편지를 쓴다. 학생의 처지로 부모님과 선생님을 기쁘게 하는 데 편지 이상의 것은 없을 것이다.

우리 학생들에게는 초등학교 때나 중학교 때의 선생님께 편지를 쓰도록 하면서 정작 나는 아무 것도 하지 못했다.

내게도 은혜를 베풀어주신 여러 선생님이 계셨다. 그 중에서도 오늘의 내가 있기까지 정신적인 지주 역할을 해주셨던 그 선생님!

그 선생님은 내가 학교를 졸업하고 사회의 일원으로 생활할 때에도 계속 가르침을 주셨다. 거리가 먼 탓으로 자주 뵐 수가 없었지만, 그 자상하고 그윽한 가르침은 편지지 위에서 면면히 느낄 수 있었다.

결혼하고, 출산을 하고, 직장 생활에 쫓기면서 언제부터인가 문안의 글을 올리지 못하고 말았다.

지금은 정년퇴임을 하셔서 정확한 주소조차도 모른다. 그러나 발 벗고 나서면 주소쯤이야 모를 리도 없겠지만, 그냥 어정쩡한 채로 '스승의 날'을 보내버리고 말았다. 아마도, 그 동안 쌓였던 죄스러움과 부끄러움의 무게가 너무 무겁기 때문이리라.

학생들이 열심히 편지를 쓰는 시간이면, 나는 창가에 서서 아름다운 5월의 교정을 내다본다. 눈부신 5월의 햇살을 타고 마음은 어느새 멀리 진주로 향한다.

선생님이 진주에서 보내 주셨던 편지의 한 구절이 떠오른다.

'넌 내게 있어서 하나의 보배가 아닌가 한다.'

그 과분한 말씀이 담긴 편지는 아직도 소중히 간직하고 있다.

삶이 고통스러울 때, 내 자신이 형편없이 불쌍하고 초라하게 여겨질 때, 세상이 온통 절망으로 가득할 때, 너무너무 외로울 때, 나는 선생님의 이 편지를 다시 꺼내 읽으며 소리 죽여 흐느꼈다.

유리창을 넘어오는 햇살을 두 손바닥으로 받으며 따스한 기운을 느낀다. 5월의 햇살에는 선생님의 정겨운 사랑이 느껴진다.

교단에 선 지 17년.

숱한 제자들과 만났다 헤어졌다.

지금도 학급을 맡고 있지만, 과연 나는 학생들에게 무엇을 가르쳤을까? 학생들은 딱딱한 교과 내용 말고, 참된 무엇 하나라도 배웠을까?

졸업한 제자들의 편지를 받고, 그 답장조차 제대로 못했던 나의 불성실이 새삼 후회스럽다.

선생님의 편지가 제자의 운명을 새롭게 드높이는 발판이 될 수 있음을 누구보다 잘 알고 있는 까닭이다.

(1990년)

시험이 두려운 그대에게

　　아침저녁, 출퇴근하는 낯익은 거리의 가로수가 거의 옷을 벗은 모습들이다.
　　무성했던 초록의 잎들이 갈색으로 변하는가 싶더니, 어느새 가로수 곁을 떠나버렸기 때문이다. 앙상하게 잔가지가 드러난 가로수의 모습에서, 쓸쓸함과 책임을 다한 원숙함이 함께 느껴진다.
　　차 안의 라디오에서 박인환의 시 '목마와 숙녀'가 흘러나온다. 차의 속도를 늦추며 천천히 시구를 음미하기 시작했다.

　　　한 잔의 술을 마시고
　　　우리는 버지니아 울프의 생애와

목마를 타고 떠난 숙녀의 옷자락을 이야기 한다.

목마는 주인을 버리고 거저 방울 소리만 울리며

가을 속으로 떠났다. 술병에서 별이 떨어진다.

(중략)

세월은 가고 오는 것

한때는 고립을 피하여 시들어 가고

이젠 우리는 작별하여야 한다.

(하략)

라디오 스위치를 눌러 껐다.

"그래. 우리에게도 이제 작별을 준비해야 할 때가 온 거야."

옆자리에 누군가가 있기라도 하듯, 나는 나직이 말했다. 작별의 준비.

지난해, 고등학교 3학년 우리 반 학생들과 그랬던 것처럼 올해도 또 작별을 준비해야 할 때가 온 것이다.

우리의 작별은 이 시처럼 한 잔의 술로 서러움을 달래는 감상에 젖을 수가 없다. 보다 넓고 거친 세상을 향한 희망적인(?) 작별이기에. 고등학교 3학년 학생들은 거듭되는 배치配置고사로 몸과 마음이 몹시 지쳐있을 것이다. 배치고사 점수는 지원 대학과 지원 학과를 결정하는 주요 자료가 되기 때문이다.

시험은 치를수록 가슴이 떨리고 더 두렵기 마련이다. 언젠가, 시험 없는 세상에 살고 싶다면서 일찍 가버린 어느 학생의 유서를 신문기사로 읽은 적이 있다.

"오죽 두려웠으면······."

너무나 안타까운 일이다.

그러나 우리의 현실이 시험이라는 제도에서 벗어나 살 수 있는 곳이 아니다. 더구나 대학 입학의 큰 관문을 눈앞에 둔 고3 학생들의 경우, 시험이란 개인의 힘으로 도저히 거역할 수 없는 운명적인 것이라 할 수 있다. 그래서 작별의 준비로 시험을 앞 둔 우리 학생들에게 내 생각을 들려주고 싶다.

시험에 두려움을 느끼지 않을 사람이 과연 있을까! 사람마다 약간씩의 차이는 있겠지만, 두려움을 갖지 않는 사람은 분명 없을 것이다.

흔히 시험은 인생의 전부가 아니라고 말한다. 그렇다. 시험은 인생의 전부가 아니고, 한 부분일 뿐이다. 그러나 그 한 부분이 우리의 삶을 얼마든지 바꾸어 놓을 수도 있다. 그 한 부분이 결코 단순한 한 부분이 아님을 우리는 너무도 잘 안다. 어쩌면 우리의 인생 전부를 바꾸어 놓을 지도 모를 그 시험, 대입 선발 고사가 하루하루 다가오고 있다. 사실, 그 어떤 말이나 그 어떤 글로도 시험에 대한 두려움을 씻어줄 수는 없다.

그러나 다른 한 편에 서서 냉정히, 그리고 객관적으로 생각해 보자. 두려움의 시작은 어디서 오는가? 잘 모르는 대상에 대하여 막연하게 불안을 느끼면, 그것이 곧 두려움의 시작이다. 파란 안경을 끼고 보면 세상이 파랗게 보인다. 또 빨간 안경을 끼고 보면 세상은 빨갛다. 두려움의 안경을 끼고 보면 시험이 어떻게 보이겠는가? 그러니 무엇보다 먼저 두려움이라는 안경을 마음에서 벗어야 한다. 입시는 두려워할 대상이 아니라, 당당히 도전해야 할 과정인 것이다.

다음으로 시험의 필요성을 기억해 두자. 시험이 없었다면 과연 지금의 이 자리에 우리가 설 수 있었을까? 그 동안 무수한 시험을 치렀다. 그 과정을 거쳐 왔기 때문에 상급 학년이나, 상급 학교로 나아갈 수 있었다. 대학생으로 또는 사회인으로 떳떳하게 활약하려면 마땅히 거쳐야 하는 순서가 바로 시험이다. 시험은 모든 사람이 다 앓고 또 앓아야 하는 홍역인 셈이다.

옛날에는 요즘처럼 이렇게 치열한 입시 경쟁은 벌어지지 않았을 것이다. 그러나 옛날은 옛날, 오늘이 아닌 지나간 시간이다. 우리는 오늘이라는 현재에 살고 있다. 장차 우리가 살아야 할 미래는 오늘의 이 치열한 입시 경쟁을 능가하는 그 무엇을 요구할지도 모른다.

"뭐 남들이 다 하는데, 나라고 못할쏘냐?"

때론 이런 배짱과 오기가 필요하다.

그리고 더욱 중요한 것은 자신감을 갖는 일이다. 자신감은 스스로를 믿는 마음가짐이다. 자신을 적당히 믿어서는 안 된다. 여기서 믿음이란 거의 확신에 가까운 절대적인 믿음이라야 한다.

"운명아, 비켜라. 내가 간다!"

고 외칠 수 있는 그런 믿음이 있어야 한다.

다시금 생각을 돌이켜 정리해 보자. 먼저, 두려움이라는 빛깔의 안경을 마음에서 벗어야 한다. 다음으로 시험의 필연성을 기억하자. 뿐만 아니라, 자신의 미래가 이 시험이라는 강을 건너야 탄탄하게 펼쳐질 것임을 잊지 말자.

바른 자세로 아랫배에 힘을 주는 호흡을 서서히 시도하자. 힘이 모여진 아랫배엔 배짱과 오기도 함께 준비해 두어야 한다.

자신에 대한 절대적인 믿음, 확신을 갖는 자신감이 필요하다.

고등학교 3년간을 아니, 초·중·고 12년간을 나름대로 열심히 공부해 왔을 것이다. 추위와 더위도 아랑곳 하지 않고, 10대의 아름답고 소중했던 시간들을 다 쏟았다.

왜 시험이 두려운가? 왜 시험을 두려워하는가? 우리의 노력과 정성은 헛되지 않을 것이다. 피와 땀은 결코 거짓말을 하지 않으므로.

(1992년)

실패의 아픔까지 사랑하며

고3 교실의 평범한 일상을 이렇게 지면으로 밝히려 하니, 그 주인공들에게 미안하다. 먼저 너그러운 이해를 부탁한다.

1.

N은 학급석차가 10~15등 사이였다. 공부는 열심히 하는 편이지만, 늘 피곤해 보였다. 지각이 잦고 수업시간에도 꾸벅꾸벅 조는 모습이 자주 눈에 띄었다. 지각이 잦은 것은 아침에 깨워줄 사람이 없기 때문이다. 남동생은 초등학생이라 아직 어리고, 부모님은 시장에서 장사를 했다. 아버지가 새벽의 도매시장에서 물건을 받아오면, 가게를 지키던 어머니가 집으로 돌아와서야 깨운다고 했다.

달이 바뀌어도 N의 지각하는 습관은 고쳐지지 않았다. 너무 늦게 자는 데 그 원인이 있었다. 학교에서 야간 자율학습이 끝나면 독서실로 가서 2시까지 공부한다고 했다. 그러니까 집으로 돌아가서 씻고 자리에 눕는 시간이 3시쯤이란다.

"그렇게 늦게 자니까 늦게 일어나게 되고 따라서 아침마다 지각을 하잖아."

"밤에 공부가 잘 돼요. 그리고 친구들이 그러는데 4시간 자면 합격하고 5시간 자면 떨어진대요."

"4당 5락이라는 말을 믿는 거야?"

"예."

"4시간 자면 뭐하니? 학교에 와선 오전 내내 졸면서······."

잠이란 그 날의 상황이나 신체 조건에 따라 다르기 마련이다. 꾸중도 하고 때로는 설득을 했지만 막무가내였다. N의 눈빛은 점심시간을 지나서야 맑아 보였다.

자고 싶은 대로 잘 수 있는 수험생이 있으랴만 그래도 잠은 알맞게 자야 한다. 그 어떤 보약도 잠을 따를 수는 없을 것이다.

N은 그 해에 대학 진학을 못 했다. 재수하는 동안 N에게 공부 열심히 하라는 말보다 잠을 제대로 자라고 부탁했다.

숙명여자대학교에 합격한 뒤 전화로 소식을 알려왔다.

"선생님, 재수하는 동안은 선생님 말씀대로 했어요. 저는 4당 5락이 아니라, 5당 4락인가 봐요."

2.

　S는 평범한 가정의 장녀였다. 살림은 넉넉하지 못했지만, 처음 고3의 학부모가 된 그 어머니의 정성과 기대는 각별했다.
　성적도 서울의 4년제 대학은 진학할 정도였다. 어머니는 거의 매일 손수 저녁밥을 마련해서 버스로 세 정거장을 타고 왔다. 그런 덕분인지 건강하고 체력도 강했다.
　그런데 교우관계가 원만하고 마음씨가 너무 좋은 게 탈이라면 탈이었다. 공부 아닌 다른 쪽에 관심을 가진 친구들이 손을 내밀면 단호하게 거절하지 못하고 끌려갔다.
　긴장되었던 1학기가 끝나고 여름방학을 맞았다. 한여름의 무더위 속이라 보충 수업도 1시 무렵이면 끝난다. 집에는 독서실 간다고 둘러대고 친구들과 어울렸다. 연극이나 영화를 보러 다니기도 하고 노래방 출입도 했다. 커피를 마시러 압구정동의 무슨 카페까지 진출했던 모양이다.
　S는 전에 없던 불평을 늘어놓았다.
　"우리 집은 왜 이렇게 못 살아요? 우리 아버지는 돈도 못 벌고 뭐하셨어요?"
　이상하게 여긴 어머니가 독서실에 확인해 본 결과 여러 날 빠진 것을 알게 되었다.
　거짓말 한 잘못으로 아버지한테 처음으로 매까지 맞았다. S는 어머니께 어디 가서 어떻게 시간을 보냈는지 다 실토했다.
　"선생님은 모르는 척 해 주세요. S가 눈치 못 채게 알고만 계셔주시면 고맙겠습니다."

어머니의 부탁대로 모르는 척하면서, 잘 어울리는, 노는 친구들만 주의깊게 살폈다.

9월 달 대입 실력모의고사 점수가 나오자 S는 당황하기 시작했다. 성적표를 앞에 놓고 면담을 하는 동안 S는 계속 울었다. 후회와 반성과 새로운 결심으로 2학기를 약속했다. 남은 기간 동안은 절대로 한눈 팔지 않겠다고 다짐했다. 그 때부터는 자율학습도 빠지지 않고 열심히 노력했다.

그러나 S는 전후기 대학에서 모두 실패하고 말았다. 여름방학 동안 한눈을 팔았던 그 시간을 회복하기 위해 S는 지금 학원의 종합반에서 공부하고 있다.

대학 진학에 성공하려면 부모, 선생님, 학생이 삼위일체를 이루어야 한다고들 한다. 그러나 뭣보다 중요한 것은 학생 자신의 학습태도, 마음가짐이 아닐까 한다.

3.

J는 내신 일등급의 우수 학생이었다. 수업시간은 물론 쉬는 시간, 점심시간 등 잠깐의 틈만 있어도 공부만 했다. 장래의 꿈이 법관이었다. 그래서 공부하는 자세가 남달랐다.

J의 모의고사 학력지수는 280점대였다. 그러나 본인이 지원하는 대학은 290점대가 합격선이었다. J는 중학교 때부터 개인과

외를 받지 않고 혼자 힘으로 꾸준히 실력을 쌓아왔다. 머리도 좋았지만 J의 성실성과 노력은 그 누구도 따를 수 없을 정도였다.

J는 고대법과를 가려고 했다. 학교의 배치자료에 의하면 7점이 부족했다. 안정권에 드는 대학을 제시해 보았지만 J의 뜻은 조금도 흔들리지 않았다.

"선생님, 만약의 경우 재수를 하게 되더라도 책임은 제가 지겠습니다. 전 꼭 고대법과를 가겠습니다."

평소에 말이 없고 또 의지력이 강한 J였기에 그 뜻을 따르지 않을 수 없었다.

"그래, 넌 할 수 있어. 틀림없이 해 낼 거야. 나도 마음속으로 힘껏 밀어주마."

운만 잘 따라준다면 7점은 괜찮을 것도 같았다. 그러나 J는 아깝게도 합격선에서 밀려났다. 운이나 요행을 기대한 나의 어리석음이 새삼 부끄러웠다.

J는 내년이면 틀림없이 그 7점을 극복할 것이다. 그래서 고대법학과의 합격자 명단에서 J의 이름을 발견하리라 믿는다.

4.

H는 초등학교 교사를 희망했다. 본인과 부모의 뜻이 일치되어 있었다. 문제는 서울 교대냐 인천 교대냐에 있었다. 평소의 성적으로는 인천 교대가 안정권이고 서울 교대는 아무래도 불안한

상태였다.

"H야, 넌 우리 반 반장이다. 내가 고3 담임했던 동안 반장 부반장이 불합격해서 대학에 못 간 적은 아직 없었어. 네가 서울교대를 지원한다면 틀림없이 합격한다. 그러니까 안심하고 공부해. 최선을 다해서 말이야."

그 말은 불안감을 줄이는 동시에 책임을 요구하는 것이었다.

H는 학급 일에도 솔선하면서 몸이 아픈 날을 제외하고는 자율학습도 빠지지 않았다. 특히 자율학습 시간에는 부반장의 자리 곁으로 갔다. 공부 잘하는 부반장을 선의의 경쟁상대로 택했다. 같은 문제집을 풀면서도 부반장은 몇 분 동안에 한 페이지의 문제를 다 푸는가 하는 것까지 속으로 계산했다.

가끔씩 능력에 한계를 느낀다면서 회의에 빠질 때면, 나는 옆에서 충고를 아끼지 않았다. H는 입학시험 그 전날까지 교실에서 부반장과 함께 자율학습을 할 정도로 철저하게 자기관리를 했다.

마침내 부반장은 서울대학교에 반장은 서울교대에 나란히 합격했다.

"선생님, 선생님이 담임하신 반의 '반장은 꼭 합격한다.' 는 그 한마디만 믿고 공부했어요. 그 말을 떠올리면 졸다가도 금방 잠이 달아났어요."

합격의 소식과 함께 반장이 내게 되돌려 준 말이다.

5.

6년 전 일이다.

K는 우리 반에서 키가 제일 작은 학생이었다. 그러나 작은 키와는 달리 마음이 넓고 또 언제나 웃는 얼굴로 여유를 보였다.

문과반의 경우 서울대학교는 반에서 보통 한두 명을 합격시킨다. 우리 반에서는 외교학과와 언어학과에 각각 한 명씩 지원했다. 별로 무리한 지원이 아니었는데 언어학과의 K가 불합격하고 말았다.

이런 경우 담임은 죄책감에 사로잡힌다.

"K야, 미안하다. 다른 학과를 택했더라면 합격할 수도 있었을 텐데."

"아니에요, 선생님. 불합격을 하고 나니까 정말 언어학과에 꼭 가야겠다는 생각이 들었어요. 내년에도 꼭 언어학과에 다시 지원할 거예요."

K는 대학에 합격한 학생들처럼 밝은 표정으로 말했다.

K는 소망했던 대로 다음 해에 서울대 언어학과에 합격했고, 대학 생활도 열심히 잘하고 있다고 전해 들었다.

그리고 금년에 고3이 된 K의 동생이 내게 와서 새로운 기쁨을 전해 주었다.

"언니가 인문대에서 전체 수석을 했어요. 그래서 지난 졸업식에서 총장상을 받았어요. 지금은 대학원에 들어가 계속 공부하고 있어요. 5월의 축제 기간에 선생님 한 번 뵈러 온대요."

대학 입시는 피나는 자기와의 싸움이다. 처음 실패했다고, 실패한 것이 아니다. 실패조차도 긍정적으로 받아들이고, 실패의 아픔까지 사랑할 수 있을 때 또 다른 무엇을 얻을 것이다.

(1993년)

우리들의 선장님
―영화 〈죽은 시인의 사회〉

고등학생인 딸이 〈죽은 시인의 사회〉라는 영화를 보고 왔다. 지금까지 본 그 어떤 영화보다 감동적이었다고 했다. 아름답고 웅장한 자연과, 등장인물에 대한 이야기는 여러 날 계속되었다. 감수성이 예민한 십대라지만, 무엇이 그렇게 감동적인지 궁금해지기 시작했다. 그래서 나도 영화관을 찾았고, 존 키팅 선생님을 만났다.

키팅 선생님은 신입생 입학식 때 부임해 왔다. 그가 부임한 학교는 전통, 명예, 규율등에서 최상을 내세우는 미국 최고의 월튼 고등학교였다. 키팅 선생님도 그 학교 출신이었다.

30대 중반의 건장한 체격에, 특유한 미소를 가진 선량한 인상의 소유자 키팅 선생님. 그는 첫 수업에 휘파람을 불면서 학생들 앞에 나타났다. 엄숙한 분위기, 온갖 제약에 짓눌린 학생들 눈에 키팅 선생님의 그런 행동은 신선한 충격이었다. 수업 방식 또한 특별했다. 교과서 중심의 딱딱한 이론 수업이 아니었다.

시詩를 공부하는 시간이었다. 교과서 어느 부분을 열게 했다. 그리고는 그 페이지를 뜯어내라고 했다.

"시는 책 속의 이론으로 쓰는 게 아니야. 시는 인간이 쓰는 것이야"

누구나 창조할 수 있는 능력이 있음을 일깨워 주었고, 스스로 생각하는 힘을 가져야 한다고 가르쳤다.

특히 인상적인 장면 하나. 수업 시간에 갑자기 모든 학생들을 자신의 책상 위에 올라가게 했다. 눈치만 보고 망설이던 학생들이 하나둘씩 책상 위로 올라섰다.

"새로운 세계가 보이지?"

키팅 선생님이 물었다. 교실 바닥, 칠판, 창문이 앉아서 보았던 것과 분명 다르게 보이기 시작했다. 키팅 선생님은 한 마디 한마디에 힘주어 말했다.

사물을 다르게 보려고 노력하라.

다른 관점에서 보면, 다르게 보이는 것이다.

너희들 각자의 눈을 가져야 한다.

자기 목소리를 찾아라.

틀을 깨고 나와서 새로움을 발견하라.

똑똑하게 살아라.

때를 잡아라.

키팅 선생님은 수업에서 뿐 아니라, 운동경기, 바른 몸가짐, 경쾌한 걸음걸이까지 열과 성을 다해 지도했다.

이 영화에서 가장 큰 사건은 '죽은 시인의 사회'라는 클럽이 다시 만들어지는 것이다.

키팅 선생님의 옛날 앨범에서 그 클럽의 이름을 발견하면서, 몇몇 학생들이 은밀하게 클럽을 조직했다. 학교 밖의 외딴 곳에 동굴을 꾸미고 그곳에서 자신들이 지은 시를 발표했다. 학생들은 자욱한 담배연기 속에서 인생의 또 다른 황홀함에 젖어들었다.

"사람은 꿈꿀 때만 자유로워. 여기서 우리는 인생의 수액을 마시는 거야."

회원들은 가식 없는 순수한 모습으로 돌아갔고, 참된 우정과 자아를 성숙시켰다.

회원 중 테드와 니일은 기숙사의 같은 방 친구 사이였다. 테드는 가정환경에서 오는 압박감으로 자신의 뜻을 제대로 펴지 못하는 겁쟁이로 내성적이었다. 그런 테드가 달라진 것은 키팅 선생님의 영향과 적극적인 성격의 니일 덕분이었다.

매사에 뛰어나고 학업 성적도 우수한 니일이었지만, 아버지의 기대와 강요에 당당히 맞서기엔 역부족이었다.

니일은 늘 애착을 가졌던 연극 공연에 참가하면서 연극을 통해 참된 자아를 찾으려 했다. 한동안 아버지의 완강한 반대에 부딪쳐 갈등을 겪었다. 그러다가 아버지를 속이고 자신의 뜻을 관철시켰다.

　마침내 니일이 주인공인 연극이 성공리에 끝났다. 키팅 선생님과 친구들 그리고 극장 안을 가득 메운 관객들이 열광적인 기립박수를 보냈지만, 아버지만은 예외였다. 연극이 끝나고 아버지는 니일을 집으로 끌고 오면서 군대식 학교로 전학 키겠다는 불호령을 내렸다. 그 날 밤, 잠 못 이루던 니일은 자기방의 2층 창문으로 투신投身, 자살을 하고 말았다.

　니일의 죽음으로 학교 당국은 '죽은 시인의 사회'를 조사했다. 회원 중 한 명인 카멜론의 밀고로 키팅 선생님을 모함하는 서류가 꾸며졌다.

　부모의 손에 끌려온 회원들은 한 명씩 억지로 서명할 수밖에 없었다. 용감하게 서명을 거부했던 찰리는 퇴학을 당했다. 결국 모든 책임을 지고 키팅 선생님이 학교를 떠나기로 결심한다.

　니일과 찰리의 자리가 빈 채로 수업은 다시 시작되었다. 키팅 선생님 대신 보수적인 늙은 대머리 교장 선생님이 교과서를 펴들고 수업을 하였다.

　키팅 선생님은 자신의 물건을 가져가기 위해 교실 문을 열었다. 학생들의 시선이 키팅 선생님에게로 쏠렸다. 키팅 선생님은 무언가 말하고 싶어 하는 테드의 초조한 표정을 보자, 그 특유의 미소로 답해 주었다.

　그가 교실 중간쯤에 섰을 때 테드가 소리쳤다.

　"우리는 서명을 강요받았어요. 선생님, 우리를 믿어 주세요."

"그래, 난 믿는다."

미소와 함께 교실 안에 감도는 부드러운 목소리. 교장 선생님이 화난 얼굴로 다가와 테드의 행동을 저지했다.

키팅 선생님은 교실 출입문을 향해 걸어 나갔다. 그가 문밖으로 나서는 순간, 테드가 책상 위로 올라가 소리쳤다.

"오, 선장님, 나의 선장님!"

그러자 교실 안의 모든 학생들이 책상 위로 올라가 동시에 소리쳤다.

"오, 선장님, 나의 선장님!"

천천히 등을 돌리며,

"얘들아, 고맙다. 고마워."

키팅 선생님의 눈물 젖은 눈, 사랑이 담김 부드러운 미소…….
극장 안은 흐느낌으로 메워졌다. 내 눈에서도 쉼 없이 눈물이 흘러내렸다. 키팅 선생님은 작은 돛단배 하나하나에 길을 안내하는 선장과 같은 분이었다. 완강한 기성세대에 니일이 목숨을 던져 슬픈 항거를 했다면, 키팅 선생님은 그들을 지켜 주려던 외로운 선구자였다.

영화가 끝난 뒤에도 얼른 일어날 수가 없었다. 교단에서 학생들은 가르치는 신분이라면 키팅 선생님을 꿈꾸어 보지 않은 사람이 과연 있을까?

어쩌면 영화에서 보다 오늘날 우리의 교육 현실이 더 힘들고 어려운 편이다. 대학 입시를 위한 지식 중심의 수업에 전념할 수

밖에 없는 자신이 새삼 돌아다 뵌다. 학생들 앞에 서기가 어쩐지 부끄럽다.

키팅 선생님은 학생들 곁을 떠났지만, 그들 마음속에는 오래오래 남을 것이다.

참 교사의 모습을 생생히 보여준 존 키팅! 그는 내 마음에도 어느새 '선장님'으로 자리를 잡고 있다.

(1993년)

재수하는 제자에게

'스승의 날'에 보내준 편지 잘 받았다.

춘계 체육대회, 개교기념 축제, 백일장, 야영 훈련 등의 행사를 치르느라 정신없이 바빴다.

작년에 내가 맡았던 3학년 5반 학생들에게서 편지가 여러 통 왔다. 대학생이 되어서 겪는 기쁨과 어려움을 쓴 편지도 있고, 직장에 나가며 사회 초년생의 여러 가지 이야기를 담은 편지도 있었다.

오늘, 6월의 첫 일요일에 먼저 네 편지에 답을 하려고 펜을 들었다.

'재수는 필수, 삼수는 선택!'

이런 유행어가 생각나는구나. 우리들 주변에 얼마나 재수생이 많은지를 대변하는 표현일 거야.

누구보다 학교생활에 성실했고, 공부도 열심이었던 네가 전기 대학에서 불합격하리라고는 생각지도 않았다. 네가 지망한 그 대학의 학과는 성적 좋은 남학생들도 두려워하는 터였지만, 그래도 내 마음 한구석에는 기대와 자신감이 있었거든. 어차피 앞으로의 세상은 남녀가 다 같은 경쟁 상대가 아니겠니?

네 편지를 꺼내 다시 읽으며, 차분한 네 목소리를 가까이서 느낀다.

학원을 다니면서 뚜렷이 의식하지 못하는 사이에 또 한 달이 지나갔습니다. 힘이 든다는 생각보다는 내가 과연 잘하고 있는 것일까 하는 걱정이 앞섭니다. 그리고 앞으로 일곱 달이 남았다는 것이 실감이 안 납니다.

최선을 다해야 할 때 최선을 다하지 못하면 언젠가 또 최선을 다하지 못하게 된다고. 그러니까 지금 이 순간이 곧 최선을 다해야 할 때라고 다짐하곤 합니다.

학원이란 고등학교 교정처럼 다정한 마음도, 양보도, 웃음도 부족한 곳입니다. 여러 사람들을 만날 수 있고, 또 만나고 있지만, 아직까지는 그저 지나치는 사람에 불과합니다. 어쩌면 제 자신이 그 소속감을 거부하고 있는지도 모르겠습니다. 하지만 고등학교를 졸업한 제게 이런 여건이 주어질 수 있다니 너무 감사합니다. 아침 일찍 집을 나와서 여러 선생님 밑에서 종일 공부할 수 있으니…….

네 불합격 소식을 듣고 담임으로서 책임을 다하지 못한 것 같아 정말 미안했다. 그러나 넌 단지 합격하기 위해 이 대학 저 대학에 고개를 돌리며 눈치를 살피는 그런 학생이 아니었다.

넌 처음부터 그 대학 그 학과였다. 그 이유는 네 장래의 희망과 계획에 가장 적절했기 때문이다.

재수하는 1년이 고통스럽다 해도 넌 그 고통을 오히려 웃으며 극복하리라 믿는다. 재수하는 고통이 싫어서 자신의 진로와 다른 학과를 선택했다가 두고두고 후회하거나, 아니면 뒤늦게 되돌아오는 경우도 없지 않으니까 말이다.

좀 여유 있게 인생을 내다본다면 1년의 재수는 결코 낭비하는 시간이 아닐 거야. 네 말대로 순간순간 최선을 다한다면 그것이 곧 아름다운 삶의 모습이 아닐까!

여름의 더위에도 우리 겁내지 말고 땀 흘리며 공부하자. 정성과 노력 없이 이루어지는 일이 어디 있겠니?

피와 땀은 거짓말을 하지 않는 법이니까!

지난해 담임 보냄

(1988년)

재회의 기쁨과 불안

비좁은 버스 안이었다.

누군가가 내 옆구리를 쿡 찌르는 것 같았다.

주위를 두리번거려 보았지만, 아는 얼굴이 눈에 띄지 않았다. 버스는 계속 달리고 있었고, 나는 다시 자세를 바로 했다. 그런데 잠시 후에 또 누가 쿡 찌르는 게 아닌가. 재빨리 고개를 돌려 보았다.

"안녕하세요?"

자그마한 몸집의 아가씨가 상냥하게 인사를 건넨다. 나는 잠시 어리둥절한 채, 건성으로 고개를 끄덕였다. 누구인지 좀처럼 생각이 나지 않았다.

"선생님, 저예요. 3학년 때 5반이었던……."

"아, 그래그래! 이제야 생각이 나는구나. 이정숙이었지?"

"예."

"그래, 지금 어디 가는 길이니?"

"회사에서 퇴근하는 길이에요."

"회사에 취직했구나."

"영등포에 있는 개인 회사예요."

나는 정숙이의 모습을 대강 살폈다. 머리는 산뜻하게 손질되어 있었다. 옷차림도 단정했다.

"회사는 다닐 만하니?"

"예, 괜찮은 편이에요."

"예뻐졌구나. 내가 몰라 볼 만큼이나 멋있는 숙녀로 변했어."

"선생님도 여전히 젊으신데요."

비좁은 버스 안이라서 자꾸 얘길 나눌 수도 없었지만, 내려야 할 곳이 가까워지고 있었다.

"남보다 더 열심히 하렴. 버스표는 내가 함께 내고 내릴게."

"아 아니에요. 선생님! 제가 낼게요. 선생님이 그냥 내리세요."

버스에서 내려, 저만큼 멀어지는 버스의 꽁무니를 바라보며 한참을 서 있었다.

2년 전 어느 날이 기억 속에서 되살아나기 시작했다.

아침, 직원조회가 시작되기 직전이다. 3학년 5반 반장이 내게 헐레벌떡 뛰어왔다.

"선생님, 우리 반 정숙이가 남학생들한테 어젯밤에 무슨 일을 당한 모양이에요."

"그래? 지금 어디에 있니?"

나도 서두르지 않을 수가 없었다.

"교실에요. 그런데 자리에 엎드려 막 울고 있어요."

"무슨 일을 당했다는 걸 넌 어떻게 알았니?"

"왜 우느냐고 제가 물었지요. 울면서 막 얘기했어요. 남학생들이 끌어안고 키스도 했대요."

"학급 아이들은 얼마나 알고 있니?"

"아마 반쯤은 알 거예요. 지금은 다른 반 아이들까지 우르르 몰려오고 있어요."

"알았다. 네가 가서 정숙이를 곧장 상담실에 좀 가 있게 해라."

곧 직원조회가 시작되었다. 조회는 짧게 끝났다. 교실로 들어가시는 3학년 5반 담임께 반장에게서 들었던 말을 간단히 전했다.

"정숙이는 상담실에 있습니다. 1교시엔 제가 그 반에 들어갈 테니 교과 담당 선생님께 말씀 좀 드려 주세요."

담임께 부탁을 하고는 곧장 상담실로 향했다.

상담실엔 정숙이 혼자 앉아 있었다. 눈가엔 눈물자국이 얼룩져 있었다. 나는 곁으로 다가가 살며시 앉았다. 깊이 숨을 내쉬며, 무슨 말을 해야 할지 망설였다. 번번이 경험하는 일이지만, 이런 경우의 첫마디는 매우 중요하기 때문이다.

나는 정숙이의 한쪽 손을 내 손으로 감싸주며 입을 열었다.

"아침에 반장으로부터 네 얘길 조금 들었어. 여러 학생들에게 소문나는 것이 별로 좋지 않을 것 같아서 내가 이 방으로 널 오도록 했다."

"예."

"어젯밤이었다고?"

"예. 학교에서 돌아갈 때였어요."

"늦게 나간 모양이구나. 혼자였니?"

"아뇨. 도서관에서 버스 정류장까지는 미혜랑 같이 갔어요."

"그럼 남학생들은 어디서 만났니?"

"버스를 두 번 갈아타지 않으려면, 세 정거장을 더 걸어가야 해요. 그래서 혼자서 걸어가는데……."

정숙이가 걸어갔다는 그 거리를 짐작해보았다. 정숙이는 계속해서 그 상황을 비교적 자세하게 말해 주었다. 정숙이가 침묵을 지키지 않는 것만으로도 내게는 다행스러웠다.

그 때 첫 시간 수업종이 울렸다. 나는 볼펜과 종이를 꺼냈다.

"어젯밤에 있었던 일을 여기에다 자세히 적어 보렴. 선생님은 수업하고 올 테니까."

나는 수업을 하러 간 것이 아니라, 3학년 5반 교실로 향했다.

그 일이 더 이상 입에서 입으로 퍼져 나가면 안 되기 때문이다.

복도에서 마주친 다른 반 선생님이,

"정숙이에게 무슨 일이 있었다면서요?"

"아니, 그 사이에 소문이. 선생님은 어떻게 정숙이를 아세요?"

"1학년 때 담임이었으니까요."

"아, 네. 그럼 제가 오히려 여쭈어봐야겠어요. 그 학생 가정환경은 어땠어요?"

"한마디로 뭐라고 할 수는 없지만 문제가 있긴 있었어요. 어머니가 딸을 싫어한다고 할까, 미워하는 것 같았어요."

"좀 구체적으로 말씀해 주세요."

"용돈으로 천 원짜리 지폐 한 장을 주었답니다. 그런데 여러 날 지난 뒤에 세탁을 하면서 보니 호주머니에 그 돈이 구겨진 채 박혀 있었대요. 돈도 쓸 줄 모르는 바보래요."

"깜박 잊은 게 아닐까요?"

"글쎄요. 그 어머니 말로는 번번이 그런다는 거예요."

"정숙이의 학급 석차는요?"

나는 화제의 방향을 돌렸다.

"돌아서면 일이 등! 최하위권이죠."

"예. 그랬었군요. 날마다 집에 늦게 가는 이유가 여러 가지 있을 것 같은데요."

나는 나름대로 정숙이에 대해 머릿속의 생각을 정리하고, 3학년 5반 교실 문을 밀었다.

학생들이 긴장된 눈빛으로 나를 주목했다.

반장이 일어서서 구령을 했다.

"차렷! 경례!"

나는 인사를 끝내고 천천히 입을 열었다.

먼저 정숙이가 겪은 일에 대한 것이었다.

늦게 도서실에서 나왔고, 버스를 갈아타지 않으려고 세 정거장을 혼자 걸어갔다. 그런데 길가에서 남학생 몇 명이 모여 있다가 말장난을 해 왔다. 들은 척도 않고 가니까 한 학생이 와서 책가방을 빼앗았다. 또, 다른 학생이 시계를 빼앗았다. 그래서 울며 달라고 소리치니까 한꺼번에 빙 둘러쌌다. 그리고는 끌어안기도 하고, 키스도 하려는 것을 막 떠밀며 소리쳤다.

다행히 도로변에서 가까웠기에 지나가던 어른이 호통을 쳐서 위기를 면할 수 있었다. 남학생들은 달아나면서 책가방과 시계를 던져 놓고 갔다.

아침에 학교에서 운 것도 어젯밤의 분함을 참을 수 없었기 때문이다. 나는 정숙이가 들려준 사연을 바탕으로 그쯤에서 매듭을 지었다.

"자, 우리 다 같이 한 번 생각해 보자. 정숙이가 어떤 잘못을 저지른 것이 아니다. 흔히 하는 말로 길 가다가 미친개에게 물린 경우라고나 할까? 정숙이가 그 나름대로 미친개에 대한 방심한 잘못은 있지만 말이다. 어쨌든 남의 얘기 좋아하는 사람들에게 있어선 이번 일이 꽤 흥미 있는 화젯거리가 될 것이다. 그러나 말이란 옮겨질 때마다 눈뭉치 굴러가듯 불어나는 법이다. 따져 보면 그 말 속엔 우리 학교, 우리 학급에 피해를 주는 요소가 없지 않을 것이다.

누가 정숙이 같은 경우를 당하지 않는다고 장담할 수 있을까?

이 시간 종이 울리면, 아침보다 더 많은 학생들이 몰려올 것이다. 별것 아니라고 일축하든지, 우리 반 정숙이가 남학생들에게 키스까지 당했다고 더 부풀려서 재미있게 들려주든지, 선생님으로선 여러분의 이성적인 판단에 맡길 뿐이다."

상담실에 돌아오니 정숙이는 간신히 몇 줄을 적어놓고 앉아 있었다. 1학년 때 담임에게 들은 말도 있었지만 정숙이 입장에서는 글로 쓰기보다는 말로 표현하기가 더 쉬울 수 있겠다는 생각이 들었다.

"다음 시간도 내 수업이 없으니까, 이제 차근차근 얘기를 들을 수가 있겠구나."

나는 정숙이 가까이로 다가앉았다. 정숙이가 입을 열었다.

정숙이가 버스를 갈아타기 싫어서 걸어가는데, 저만큼에 여러 명의 남학생이 서 있었다. 오던 길을 다시 돌아갈 수도 없고 해서 그냥 지나가니까 한 남학생이 다가와 얘기 좀 하자고 했다.

무시하고 그냥 가니까 그 남학생이 책가방을 강제로 빼앗았다. 또 다른 학생이 와서 시계를 빼앗았다.

울면서 달라고 했지만, 길가에서 조금 떨어진, 나무가 몇 그루 있는 구석진 곳으로 들어갔다. 정숙이는 울면서 따라갔다.

남학생들이 모여서 저희들끼리 뭐라고 쑥덕거리더니, 한 녀석이 웃옷을 벗어 땅에 깔았다. 그리곤 네 명이 정숙이의 양쪽 팔과 다리를 붙잡아다가 그 위에 눕혔다.

정숙이는 너무나 겁이 나서 제대로 소리도 지르지 못했다. 여여덟 명의 남학생들은 번갈아 가면서 정숙에게 다가와 그 짓을 시도했다.

그러나 뜻대로 되지 않았다. 너무 쪼그만 계집애를 골랐다는 소리도 들려왔다. 여덟 명의 학생 중에는 교복을 입은 학생도 있었다. 그러나 교표나 배지 같은 것은 달고 있지 않았다.

그들 중 키 큰 한 남학생이 두 번째 정숙이에게 다가왔다. 몇 차례 시도해서 결국 그 짓을 하고 말았다. 마침내 정숙이는 남학생들 손아귀에서 풀려났다. 울면서 버스 정류장이 있는 큰 길 쪽으로 도망치듯 달렸다.

키 큰 남학생이 뒤따라 왔다. 다른 학생들이 빼앗았던 책가방이며 시계도 가져왔다.

내일 저녁 학교 근처에서 기다릴 테니 다시 만나자고 하면서, 정숙이의 어깨를 토닥거려 주었다.

"그 남학생 얼굴은 기억할 수 있겠니?"

"예."

나는 정숙이에게 이 일은 누구에게도 얘기하지 말라고 당부하고 교실로 보냈다.

교장 선생님의 특별 지시로 남자 선생님들이 학교 주변에서 잠복근무까지 하게 되었다. 그러나 남학생들, 특히 키 큰 그 남학생은 다시 나타나지 않았다.

평소에 개인적으로 친분이 있는 산부인과 의사 선생님께 전화로 문의를 드렸다. 병원에 와서 주사를 맞아야 한다고 했다. 그 주사를 맞으면 2주일 이내 임신 여부가 판명된다고 했다. 토요일 오후, 정숙이를 그 산부인과로 사복을 입혀서 데려갔다.

병원을 다녀오면서 나는 정숙이에게 어머니에 대해서 물었다. 그런 일이 있고 나면 팬티에 얼룩이 남을 테니까 아무리 딸을 미워하는 어머니라도 마음의 동요가 없지 않을 것 같았다.

"엄마는 잘 모르셔요. 팬티에 그런 것을 묻혀 다닌다고 꾸지람만 하셨어요."

생리로 착각했다면 그럴 수도 있을 것이다. 그러나 한편으로는 그 어머니의 태도를 이해할 수 없었다. 딸이 나이가 차면 생리일은 알아두어야 할 것이다. 날짜까지는 기억 못 해도 월경과 순결의 상실에서 오는 흔적은 구분할 수 있어야 하지 않을까? 딸을 왜 그토록 미워하는지 모르지만, 교사의 입장에선 그 어머니의 무관심이 정말 안타까웠다.

십일일째 되는 날 정숙이에게 월경이 있었다. 임신의 공포에서나마 벗어난 셈이다. 그 후 학교에선 여러 차례 그 남학생을 찾기 위해 방법을 강구했다. 그러나 아무 소용이 없었다. 정숙이는 학교를 무사히 졸업했다.

오늘, 뜻밖의 재회는 반갑기도 하지만 씁쓸하기도 했다.

나로 인하여, 지나간 고통이 되살아나지나 않았을까 하는 불안이 내 발걸음을 무겁게 했다.

(1983년)

그 한마디 말

토요일 오후였다.

교정의 벤치에서 Y교수님이 먼저 입을 여셨다.

"죽으면 또 다른 세계가 있을까?"

"……."

너무 갑작스런 질문에 당황할 수밖에 없었다.

"난 그런 세계가 있어 주었으면 한단다. 아니야, 꼭 있다고 믿어."

"왜 그런 믿음을 가지고 계세요?"

"죽어서 다시 태어나고 싶으니까."

나는 교수님의 그 말씀에 의구심을 누를 수가 없었다.

교수로서, 학자로서, 한 가정의 가장으로서 조금도 부족함 없는 삶을 누리신다고 생각하는 까닭에서다.

"다시 태어나신다면 무엇이 되고……?"

채 말이 끝나기도 전이었다.

"가수가 되게 해 달라고 간절히 청할 거야. 그렇게만 해 주신다면 울다가 웃고, 슬프다가도 즐겁고, 부르다가 쓰러져도 후회하지 않을 그런 노래를 부를 거야."

교수님은 다시 입을 여신다.

"순이, 복순이, 철수, 떡보…… 온갖 사람들이 내 노래를 듣고서 아름답고 신나게 살 수 있는, 초월적인 의미로서의 황홀경을 누리게 하는 보람을 위해서야. 장장 세 시간짜리의 노래를 부를 거야. 교수보다는 가수가 더 거룩한 일을 한다고 나는 자신 있게 말할 수가 있어."

그 목소리, 그 표정이 너무도 진지하여 나는 더 이상 입을 열 수가 없었다.

그 날 이후 그 교수님이 새롭게 보였고 '교수보다는 가수가 더 거룩한 일……' 이라 하시던 그 진지한 목소리가 가끔 나를 흔들곤 했다.

교육대학을 졸업하고 울산 시내의 한 초등학교에 발령을 받았다.

그곳에서 4년을 평범하게 보냈다. 그러나 내 성격은 그런 평범한 생활에 만족도, 적응도 못했다. 간이역에 서 있는 묘한 심정으로 계속 방황하고 있었던 것이다.

무엇보다도 공부를 다시 하고 싶었다.

가까운 분들에게 조언을 구하고, 방향을 모색하기도 했다. 그러나 대다수의 충고는 현실에 안주하기를 바라는 쪽으로 기울었다. 특히 부모 형제나, 친지, 그리고 친구들이 더 강경했다.

여자 나이 스물 넷! 시집가기에 좋은 때지 대학에 다시 가서 공부할 나이는 아니라는 것이다. 또 공립학교 정교사 자리를 포기하면 더 나은 직장을 몇 년 후에 누가 보장하느냐는 것이었다.

내가 원하는 것은 참된 작가가 되는 일이었다.

그런데, 그 길은 학벌이나 학문적 지식이 요구되는 게 아니라는 것이다. 한편으로 옳은 생각 같았지만, 나는 수긍할 수가 없었다.

내가 정녕 나아가야 할 길이 어느 쪽인지 몰라 편히 잠을 잘 수도 없었다. 어쩌다 잠이 들어도, 깨어나면 날이 밝도록 그 고민에 시달렸다.

4년제 대학에 편입하고 싶은 절실함과는 달리, 불확실한 미래에 대한 두려움도 떨칠 수가 없었다.

해가 바뀌어도 고민은 해결되지 않고 계속 되었다. 나는 용기를 내어 모교의 Y교수님께 조언을 구하기로 했다. 교수님이라면 객관적인 입장에서 제대로 말씀해 주실 것 같았다.

나는 지금의 심정을 자세히 글로 적어 교수님께 올렸다.

일주일이 못 되어 답이 왔지만 그 시간이 무척 길게 느껴졌다.

춘희야!

두툼한 네 편지 보고 조금은 어리둥절했다.

(중략)

네 뜻이 바위처럼 굳어졌다면 나중에 어떻게 되더라도 후회하지 않겠다는 곳에 무게가 더 주어진다고 하면, 나는 단연코,

"그렇게 하라!"

는 말을 던지고 싶다. 그것이 곧 행복으로 가는 길이다. 사실 공부하는 것도 나이가 있고, 청춘도 그러하다.

아름다운 꿈이 꼭 이루어지기를 빈다.

사람은 많은 꿈을 가져야 한다.

꿈은 언제나 꿈이 아니다.

(하략)

나는 안도의 숨을 내쉬며, 아무 거리낌 없이 사표를 냈다. 그리고 대학 편입의 길을 선택했던 것이다.

"그렇게 하라!"

그 한마디 말이 없었다면 나는 과연 어떻게 되었을까? 평생 대학의 국문과에 다녀보지 못한 한을 지녔을 것이다.

지난 일을 생각할 때마다, 인생의 기로에서 새 길을 열어주셨던 Y교수님의 은혜를 가슴깊이 새기곤 한다.

(1984년)

손手에 대하여

작년에 우리 반이었던 학생 중에서 서울교대로 진학한 경아가 학보를 보내왔다. 그 학보를 훑어 내려가다 참교육 기획 광고란에 시선이 머물렀다.

일곱 살 난 아이가 교통사고로 왼팔을 잘라야 했다. 그 아이가 학교에 들어가자 친구들이 그 아이를 따돌렸다. 그래서 그 아이는 점점 안으로 옹크러 들었다. 그럴수록 학교 친구들은 그 아이를 버려두었고, 이제는 그 아이 자신조차 그것을 당연한 것으로 받아들이면서 비뚤어져 갔다.

그 아이가 2학년이 되었을 때, 새 담임선생님은 학생들에게 유별난 숙제를 내주었다. 학교에서 모두 자기의 왼팔을 등 뒤로 묶은 후에 오른팔 하나로만 사용하라는 과제였다. 학생들은 한쪽 손으로 말끔히 필기를 하는 것은 물론 책장을 넘기는 일조차 쉽지 않다는 것을 알게 되었다. 며칠이 지난 후, 친구들은 그 아이에게 이 어려운 일을 어떻게 했는지 물었다. 그 아이는 부끄러운 듯이 가르쳐 주었다. 그 아이의 말문이 열리자, 학급의 모든 아이들도 마음의 문을 열고 서로 받아들이게 되었다는 것이다.

이 이야기는 어떤 사람의 처지가 되어보지 않고서는 그 사람을 이해하기 어렵다는 것과 한 손이 없는 아이가 담임선생님의 관심과 사랑으로 어려움을 극복할 수 있었음을 일깨워준다.

나는 이 교훈적인 일깨움과 함께 새삼 손에 대하여 생각해 본다. 마치 날마다 숨쉬고 살면서 공기의 고마움을 몰랐던 것과 같다고나 할까! 만약 이야기 속의 주인공처럼 한 손을 잃게 된다면……. 상상하기조차 두렵다.

오늘 아침도 두 손으로 세수하고, 아이들의 도시락도 챙겨주고, 차를 몰고 학교까지 빠른 시간에 도착할 수 있었다. 칠판에 글을 쓰며 수업도 하고 장부 정리도 했던 것이다.

더구나 손이 하는 일이 그렇게 단순하고, 일상적이고, 개인적인 것만이 아니라는 것을 알게 하는 일이 그 날 오후에 일어났다.

교내 강당에서 '향상 음악회'가 열렸다. 이름 그대로 한 단계 향상되기를 바라는 뜻으로, 음악대학을 지원하는 고 3학생들을 위한 무대였다. 출연하는 20여 명의 학생들은 수업시간에 졸다가 꾸지람도 들었던 낯익고 평범한 얼굴들이다.

아직은 무대 위에 서는 것이 어색한 듯 서툰 몸짓으로 인사했다. 그러나 까만 그랜드 피아노 앞에 앉아 건반을 두드리는 손놀림은 평범하지도 서툴지도 않았다. 피아노 앞의 학생이 바뀌면 그 손이 창조하는 선율 또한 완연히 달라졌다.

똑같은 베토벤 소나타 16번을 쳐도 손에 따라서 그 느낌과 분위기가 분명 달랐다. 바이올린으로 하이든의 콘체르토를 연주하는 손이 있는가 하면, 가야금 위에 올려진 두 손은 김죽파류의 가야금 산조로, 넓은 강당 안을 그윽한 달빛으로 채워 놓았다.

모이기만 하면 재잘거리며 웃고 떠드는 여고생이다. 그런데 그 많은 학생들 사이에서 기침 소리 하나 들리지 않았다.

비올라, 첼로, 피리, 플롯……. 악기가 달라질 때마다, 아니 사람의 손에 따라서 다양한 기교와 무한한 힘이 발휘되었다.

사람에게 손이 두 개라는 사실이 어쩐지 예사롭지 않게 여겨진다. 손이 두 개인 까닭은 각기 다른 의미 때문이 아닐까?

한 손이 자신의 가족을 위하는 것이라면, 나머지 손은 이웃이나 사회를 위하는 데 그 의미를 두어야 할 것 같다.

더 나아가 손의 또 다른 의미를 내면세계 순화에 가치를 둔다면……. 아마도 세상은 한층 더 밝고 아름다운 곳이 될 것이다.

(1993년)

내가 선택한 길

　까만 치마, 흰 저고리, 머리는 두 갈래로 묶은 처녀 선생님.
　"아는 것이 힘이다, 배워야 산다!"
　용광로에 무쇠를 담그는 진지한 자세로 그미의 목소리는 창공을 뻗어나갔다. 일본 순사의 제지로 교실에 들어오지 못한 어린이들을 위해 바깥에서 잘 볼 수 있도록 창가로 칠판을 돌렸다. 그미는 울음을 눌러가며 수업을 계속했다.
　어쩌면 가르치기 위해 태어났고, 가르치는 일이 자기의 유일한 사명 같았다. 교단은 그미의 삶이요, 젊음이며, 빼앗긴 조국에 대한 간절한 그리움이었다.
　영화의 화면을 통해 〈상록수〉의 주인공을 본 여중 3년생, 단발머리 가시내의 작은 가슴에 커다란 물결이 출렁거렸다.

꼭 선생님이 되리라 결심을 다진 적은 없는데, 교육 대학을 졸업했으니 자연스럽게 교단에 섰다. 그 때의 여운이 뇌리 한구석에 늘 잠재해 있었던 모양이다.

십 년 가까운 세월이 후딱 스쳐간다. 뒤돌아보면 결코 짧지마는 않은 여러 일들이 하나하나 떠오른다.

여자로서 선택해야 했던 어쩔 수 없는 길. 시집을 가면서 아내와 며느리가 되었고, 아기를 낳자 어머니라는 꼬리표가 또 하나 붙었다.

그 어느 역할도 제대로 잘하지 못했지만, 그래도 나는 동화를 썼다.

동화를 쓰는 일은 내게 기쁨을 주었을 뿐만 아니라 학생들에게 읽어주면 함께 즐길 수 있어서 좋았다. 동화는 이 세상에서 나를 가장 행복하게 해주는 요소 중의 하나였다.

동화 작가로 문단에 나선 지 십 년이 지났건만, 아직 변변한 동화집도 없다. 그러나 그건 별로 중요하게 생각하지 않는다. 좀 미련스럽지만, 이런 내가 아주 싫지는 않다. 내 스스로가 원하는 일을 한다는 것에 만족하기 때문이다.

그리고 가르친다는 것.

가르침이 말言에서 비롯될 때 말의 실체는 하나의 허상虛想, 허구虛構의 그림자다.

말을 매개로 해야 하는 교단이기에 사실은 두렵기도 하다.

말이 많으면 그만큼 많은 착각을 범한다고 여겨지면서부터는 더욱 그렇다.

그러나 어쩌랴!

인생은 적당히 사는 게 아니라고 하듯, 교사의 길은 더욱 그러하지 않던가.

가르침을 받는 학생은 물론 가르치는 사람도 희망을 키워야 하는 자리. 그래서 매순간 내 스스로에게도 채찍질이 필요하다.

어깨의 피로, 목에 가시가 걸리는 아픔이 고통스러워도 내가 선택한 길에 결단코 후회는 없다.

어떻게 사느냐가 가장 중요한 문제라면 내 육신은 힘들어도 내 정신은 행복하니까 말이다.

(1981년)

우리, 삶의 이야기는 한강과 함께

2월의 아침에

2월은 두 계절을 함께 느낄 수 있는 달이다. 음산하고 황량한 긴 겨울의 끝인 동시에, 연둣빛 숨결이 은밀하게 다가오는 봄의 시작이기 때문이다.

2월의 어디쯤에선가 봄이 다가오듯, 내 경우도 모든 시작은 2월에서 비롯되었다.

우연 아니면 필연이었을까? 나는 2월에 태어났다. 일 년의 열두 달 중에서 내 인생의 첫 걸음은 2월을 택했던 것이다.

부모와 여러 형제들의 사랑과 보살핌으로 어려움이나 두려움을 모르고 자랄 수 있었다.

나는 스물여섯 2월에 결혼했다. 결혼은 내가 몰랐던 많은 사람과 만나는 낯선 세상의 시작이었다. 남편과 시어머니는 물론 시가媤家 쪽의 여러 친척들도 다 낯설었다. 그 낯설음 속에서 지금까지의 내가 아닌 또 다른 내가 필요했다. 자연 내 고집이나, 의욕, 그리고 이기심도 차츰 수그러들었다. 끝없는 좌절과, 눈물, 절망을 맛보면서 세상이 내가 생각했던 그런 곳이 아님을 알게 되었다.

이듬 해 2월에 첫 아기를 출산했다. 출산의 고통은 내게 새로운 출발을 알리는 신호탄 같았다. 죽음에 가까운 고통 속에서 한 작고 소중한 생명을 얻었다. 그 생명 앞에서 나는 초췌하고 앙상한 허물로 남았다. 그러면서도 그 생명을 위해서라면 어떤 아픔도, 희생도 겁나지 않는 용기가 생겨났다. 스스로도 놀라운 모성 본능의 발견이었다.

변화는 그뿐이 아니었다. 생명이 왜 소중한지, 왜 고통 없이는 결코 이루어지지 않는 것인지를 터득했다.

내 존재에 대해 새삼 확인을 한 셈이다. 나를 낳아서 키워주신 부모님과 피를 나눈 형제들은 물론, 나와 무관했던 많은 사람들 아니 사물들까지도 결코 무관하지 않음을 깨달았다.

이 세상이 얼마나 고마운 곳인지 마침내 그것을 알 수 있는 눈이 열렸다. 출산의 고통이 없었다면, 아기를 통해 생명의 신비를 알지 못했다면, 그 눈은 영영 열리지 않았을지도 모른다.

골목길에서 마주치는 할아버지나 할머니의 이마에 패인 깊은 주름살이나 흰머리까지도 예사롭게 보이지 않았다. 기저귀를 빨아 깨끗한 물에 헹궈서 빨랫줄에 널 때마다 저 하늘의 해님이 다시 우러러 보였다.
 "고마우셔라. 이 좋은 햇볕이 우리 마당까지 와 주시니······."
 그뿐이 아니었다. 작은 벌레, 나뭇잎 하나, 돌멩이에까지 닿는 눈빛이 달라졌다.
 '여자는 시집가서 자식을 낳고 키워야 마침내 부모 속을 안다.'라는 말뜻을 조금은 헤아리게 되었다.
 내 나이 이제 사십 고개에 올라섰다. 말이나 글로 표현할 수 없는 착잡하고 묘한 심정이다. 눈가에는 잔주름이 분명해졌다. 늘어난 땀구멍, 탄력 없는 피부, 비가 오거나 흐린 날이면 어깨에서부터 쑤셔대는 통증, 팔다리의 움직임이 점점 둔해진다.
 사십 대라는 나이를 이런 식으로 의식한다는 것은 분명 외적인 것에 많은 비중을 두고 있기 때문이리라.
 이 모든 것이 자연의 섭리라면 내 무슨 힘으로 저항할 수 있으리.
 1990년 2월에 나는 정녕 내적인 출발을 시도하고 싶다. 보다 창조적이고 내면적인 어떤 것을 찾는 일. 그 일이 어떤 것인지 과연 찾아내기라도 할지 아직 확신은 없지만.
 '문학이란 사회의 그림자일 수도 있고 솟아나는 빛일 수도 있다.' 라는 말이 생각난다.
 동화작가로서의 내 출발은 한 편의 동화와 함께 늘 시작되는 것이 아닐까. 내 동화가 사회의 그림자일 수도 있고, 솟아나는 빛일 수도 있기를 갈망해 본다.

가슴 가슴에 동심을, 따뜻한 인간다움을, 그리고 아름다운 꿈을 심는 동화를 쓰리라 다짐한다.

(1990년)

닫힌 마음을 열어주는 것

지금도 동화를 써 나가고 있지만, 나는 아직 동화관童話觀에 또렷한 무엇 무엇을 내세우거나 주장할 수가 없다.

그 까닭은 6~7년 전을 거슬러 올라가서 처음 내가 동화를 접할 수 있었던 상황을 자주 생각하는 때문이다. 만약 내가 초등학교 교사로 교단에 서지 않았다면 동화와는 무관하게 살았을 것이며, 한편의 동화도 쓰지 않았을는지 모른다.

여고 때나 대학에 다닐 무렵은 문학에 관심을 갖고 책을 즐겨 읽었으며, 짤막짤막한 글을 쓰긴 했다. 그러나 그 시절 그런 나이면 그만큼은 특별하다고 할 수 없다.

대학 졸업과 동시에 발령을 받은 햇병아리 교사는 2학년 코흘리개들의 담임이 되었다.

학교는 행정구역상 시市에 속해있었지만, 가난한 농어민들이 모여 사는 시골 학교나 별로 다를 바 없는 전교 6학급의 변두리 학교였다.

다른 수업시간은 그런 대로 잘 이끌어나갈 수 있었는데, 미술 수업이 힘들었다.

그러니까 교과 과정대로 즐겁게 미술 수업을 하기엔 언제나 재료가 잘 갖추어지지 않은 상태. 도화지 한 장에 크레파스도 학급 전원이 다 가져오기는 쉽지 않은 현실이었다.

바깥 풍경이나 교실 모퉁이의 꽃병을 그리기도 한두 번, 그런 식으로 적당히 미술 시간을 넘기기에 아이들은 너무 어렸고, 나의 무능력 또한 부끄러웠다.

그 무렵 우연히 상상화에 대해 조금 알게 되었고, 교사용 잡지에 달마다 실리는 동화를 이용하는 데까지 생각이 이어졌다.

아이들에게 동화를 읽어주고 그 동화에 나타나는 특징적인 부분을 그림으로 표현하도록 지도했다.

처음에는 서툴고 비슷비슷한 모방작이 많았다. 그러나 몇 회를 거듭하지 않아서 미술 시간은 놀라울 만큼 재미있고 활기찼다. 독창적이고 신선한 표현의 그림들이 나타난 것이다.

내가 동화에 본격적인 관심을 갖고 동화를 쓰겠다고 마음먹은 동기 또한 여기서부터 시작된 것 같다.

해가 바뀌고 새 학급을 맡으면서 나는 동화에서 또 다른 가치를 발견하게 되었다.

그 전의 담임과 그 외 몇몇 선생님들의 조언이 나를 바짝 긴장시킨 학급은, 70명의 4학년 남녀 합반이었다. 그 반은 여러 가지 복합적인 문제를 지니고 있었다.

소아마비로 한쪽 다리가 불편한 어린이. 간질병 발작으로 수업 중에도 한번씩 소동을 일으키는 검푸른 얼굴색의 어린이. 저학년 때부터 도둑으로 찍혀 따돌림 받아온 어린이. 장님 아버지가 점치러 갈 때 지팡이 역할을 하느라 제대로 숙제조차 못해 오는 어린이…….

나는 그 아이들과 조금이라도 친해져서 아이들 마음속에 담긴 괴로움들을 드러내고자 애를 썼다. 내가 쓴 동화의 주인공들이 바로 그 아이들이었다. 한편의 동화를 완성하면 반드시 학급 어린이들에게 먼저 들려주었다.

학급 어린이들은 동화 속 주인공의 아픔을 이해하기 시작했고, 슬픈 일을 당하면 같이 눈물을 흘리기도 했다.

간단한 예로, 도둑질 하는 행위 그 자체야 나쁘지만, 그럴 수밖에 없었던 주인공의 환경, 심리 상태, 주위의 멸시에 대한 반발 등을 노출시켰다. 학급 아이들은 자신도 그렇게 될 수 있다고 공감하면서 그들과 자연스럽게 어울렸다. 학급에서 동등한 구성원으로 인정받자, 동화 속의 주인공들도 보통의 아이들로 돌아왔고 돈이나 물건을 훔치는 버릇에서도 차츰 헤어났다.

말썽꾸러기로 소문 난 학급이 아무런 사고 없이 한 해를 보내게 되었을 땐, 아이들 모두에게 마음으로 머리 숙여 감사를 드렸다.

내 동화 속 주인공들이 주어진 환경이나 고통을 극복하고 용기와 자신감을 잃지 않도록 애를 썼다. 그리고 불의에 저항하며 마침내 삶을 긍정적으로 받아들이도록 이끌었다.

동화의 효용성이나 가치를 먼저 알고 그것을 활용하기에만 급급해온 탓일까? 그래서 아직 또렷하게 동화관이라고 내세울 무엇이 없다.

어쨌거나 이제는 그 교단에서도 물러나 자신을 돌아보며, 새삼 공부를 하고 있는 단계니까, 계속 동화를 쓰면서 분명한 동화관을 확립할 수 있도록 노력할 것이다.

(1977년)

나를 길러준 책들

공무원인 아버지를 따라 섬으로 전학 왔던 경아가, 처음으로 만화책을 보여 주었다. 내가 초등학교 2학년이었던 그 무렵에는 만화책도 흔하지 않았다.

일본식으로 지어진 관사에서 살았던 경아는 여러 가지로 우리와는 다른 점이 많았다. 보통 가정집에서는 저녁 9시면 전등 스위치를 내리지 않아도 저절로 불이 나가 버렸다. 그러나 그 일본식 관사는 밤새도록 전등 불이 들어왔고, 화장실이 복도식 마루와 이어져 있었다.

바람 부는 밤이면 사방에서 덜커덕거리는 유리문의 이상한 소리에 무서워 몸을 떨었다. 그러면서도 밤새워 만화책을 읽고 또 읽었다.

해가 바뀌자, 경아는 아버지를 따라 전학을 가버렸다.

나는 다시 무료해지기 시작했다.

그런데 뜻밖에 부산에서 대학을 다니던 큰오빠가 『안델센 동화집』을 사 오셨다.

하늘에라도 오를 듯이 기뻤다.

교과서에서 「발가벗은 임금님」이니,「백조 왕자」니 하는 글들은 이미 배웠다. 그렇지만 그 글을 쓴 사람이 누구인지는 알지도 못했고, 알려고도 하지 않았었다.

내가 처음 만난 동화들이 우리나라 작가의 작품이 아니었음은 지금 생각해도 참 서운한 일이다. 방정환 선생님을 비롯하여 마해송, 이원수 같은 분들의 동화책이 없진 않았을 텐데…….

어쨌든 나는 그 『안델센 동화집』 덕분에 그토록 재미있었던 만화책으로부터 미련 없이 떠날 수 있었다.

「못난 오리 새끼」, 「성냥팔이 소녀」, 「인어 공주」 등 나는 비로소 독서를 통한 기쁨을 느끼기 시작했다. 주로 외국 작가들의 번역 동화였지만, 짧은 문장의 만화에서 맛볼 수 없는 산문의 묘미를 알게 되었다.

중학교에 입학하여 언니들과 같은 방을 쓰게 되었다. 언니들이 읽었던 춘원의 『흙』, 『무정』, 그리고 박계주의 『순애보』를 읽으면서 몰래 울기도 많이 울었다.

비로소 남녀간의 사랑에 대해 어렴풋이 무언가를 느꼈다고나 할까? 그러나 어쩐지 생소하여 믿을 수도 없었고 이해되지 않는 부분도 많았다.

허 균의 『홍길동전』, 『춘향전』, 『심청전』, 『콩쥐 팥쥐』, 『장화홍련전』, 그리고 김만중의 『구운몽』 같은 우리 고전을 탐독했다.

어려서부터 듣고 또 들어서 내용이야 대강 아는 것들이지만, 듣기만 하다가 글로써 직접 읽으니 더 재미가 있었다.

독서는 가능하면 그 출발이 우리나라의 고전부터 시작하는 게 좋다. 사람이란 태어나면서부터 국적을 가져야 한다고 유엔의 인권헌장에는 명시되어 있다. 독서 역시 국적을 찾는 일이 그 무엇보다도 중요할 것이다.

그러니까 초등학교 때 우리의 고전들이며, 전래 동화, 그리고 우리나라 작가들의 창작 동화를 먼저 읽는 것이 독서의 바른 순서일 것 같다.

황순원의 「소나기」, 오영수의 「갯마을」, 김동리의 「무녀도」와 현진건의 「B사감과 러브레터」, 염상섭의 「표본실의 청개구리」 등이 실린 『한국 단편 전집』을 읽었다.

나는 비로소 먹고 입고, 잠자는 것만으로 사람이 완전하게 산다고 할 수 없음을 알았다.

눈에 보이는 것보다 보이지 않는 더 귀한 것들이 있음을 터득했다. 그리고 보이지 않는 것을 보는 눈을 갖도록 노력해야겠다는 생각도 하곤 했다.

중학교 3학년 늦은 가을 날, 전교생이 단체 관람으로 영화관엘 갔다.

까만 치마, 흰 저고리에 머리를 두 갈래로 묶은 처녀 선생님.
"아는 것이 힘이다, 배워야 산다!"
일본 순사의 제지로 교실에 들어오지 못한 어린이들을 위해 교실 창밖으로 칠판을 돌리고, 그녀는 울음을 눌러 가면서 수업을 계속 했다.
어쩌면 그것만을 위해 태어났고, 자기만이 할 수 있는 사명인 양 오로지 가르치는 그 하나에 전념했다.
그 날 밤, 나는 심 훈의 『상록수』를 단숨에 읽어 내려갔다.
내가 왜 교단에 서게 되었나? 선생님이 되었나? 하고 생각하면 『상록수』의 주인공 채영신의 그 진지한 모습을 떠올리지 않을 수 없다.
상급학교 진학으로 고향 집을 떠나 진주에서의 생활이 시작되었다.
나는 고향 집이 그리운 날이면 강가로 나갔다. 고향에서 보던 그 바다는 아니었지만, 남강의 잔잔한 물결은 적지 않은 위로가 되었다.
유치환의 「깃발」을 소리 높여 외었다.
"이것은 소리 없는 아우성/ 저 푸른 해원을 향하여 흔드는/ 영원한 노스탤지어의 손수건……."
김소월의 「진달래」, 「금잔디」, 「초혼」, 서정주의 「국화 옆에서」, 「동천」, 한용운의 「님의 침묵」, 윤동주의 「서시」, 김영랑의 「모란이 피기까지는」, 박두진의 「해」, 이상화의 「빼앗긴 들에도 봄은 오는가」 등 강가 모래밭에 앉아서, 나는 눈물을 흘리는 대신 시를 애송했다.

겨울방학에 접어들면서부터는 『제인 에어』와 『폭풍의 언덕』을 읽었다. 거의 낯설기 만한 이국적인 풍경, 대담한 사랑, 나는 꿈속에서도 자주 로체스터와 히드클리프를 만나곤 했다. 두드러진 인물의 성격 묘사가 작품에서 얼마나 큰 효과를 나타내는지 알 수 있었다.

새 학년이 되면서 객지 생활에서 느끼는 외로움도 책을 읽으므로 해서 한결 줄일 수가 있었다.

방과 후면 학교 도서실을 찾았고, 어둠이 짙어지는 줄도 모르고 책 속에 묻혔다.

토머스 하디의 『테스』, 괴테의 『젊은 베르테르의 슬픔』, 그리고 도스토예프스키의 『죄와 벌』도 읽었다.

앙드레 지드의 『좁은 문』에서는 종교적인 색체를 강하게 느낄 수 있었다.

'좁은 문으로 들어가기를 힘쓰라./ 멸망으로 인도하는 문은 크고 그 길이 넓어/ 그리고 들어가는 자가 많고,/ 생명으로 인도하는 문은/ 좁고 협착하여 찾는 이가 적음이라.'

카뮈의 『이방인』 사르트르의 『구토』는 문학의 또 다른 면모를 보여 주었다.

독일 작가로는 헤르만 헤세의 작품들을 맨 먼저 읽었다. 『데미안』이 가장 널리 알려져 있었다. 그 외에도 『싯다르타』, 『방랑』,

『수레바퀴 밑에서』 등 자연에 대한 그의 섬세한 찬미와 구름에 대한 표현들이 새롭게 나를 사로잡았다.

졸업을 앞둔 어느 추운 날, 끓는 물에 발뒤꿈치 화상을 입는 사고가 생겼다. 몇 날 밤을 통증으로 허우적거리며 밤을 설쳤다. 그런 중에 우연히 서머싯 몸의 자전적인 장편소설『인간의 굴레』를 읽게 되었다.

화상으로 인한 육체적 고통뿐만 아니라 흉하게 남을 자국 때문에 마음도 매우 우울해 있던 때였다.

한쪽 다리를 저는 주인공 필립 케어리의 인생관. 불구임에도 그는 낙천적이었고, 편안하게 인생을 받아들였다.

그가 말한 인생이란,

'마치 페르시아 양탄자의 직공이 자기 나름의 무늬를 짜는 것과 같다······. 모든 일은 자기의 즐거움을 위해서 하면 된다.'

독서도 그 나름의 즐거움이 없다면 무슨 의의가 있으랴!

서머싯 몸의 작품으로는『달과 6펜스』,『과자와 맥주』도 읽었다. 마아가렛 미첼의『바람과 함께 사라지다』, 펄벅의『대지』, 나다니엘 호손의『주홍 글씨』, 어네스트 헤밍웨이의『노인과 바다』,『무기여 안녕』, 그리고 임 어당의『생활의 발견』은 졸업과 더불어 고교시절을 더 의미 깊게 해 주었다.

레마르크의『서부전선 이상 없다』와『개선문』은 그 내용의 일부가 지금도 상상의 기억 속에 오롯이 남아 있다.

주인공 라비크와 함께 배회했던 파리의 뒷골목들, 안개와 축

축한 습기와 많은 비를 가진 파리. 감미로운 샹송처럼 혀끝에서 녹아드는 칼바도스!

'사람은 살 목적이 하나도 없을 때에야 비로소 자유로워지는 것이다.'

내가 책을 읽은 것도 특별한 목적이 없었기 때문일까? 독서를 통해 한없이 자유를 누렸던 셈이다.

그러나 손에 잡히는 대로 마구 책을 읽어서는 안 된다. 저속한 책으로부터 자신을 보호하는 싸움이 항상 전제되어야 한다.

인생이란 저속한 책들까지 다 읽어내기에는 너무도 짧다.

(1980년)

남을 걱정하는 마음

　　토요일 오후의 퇴근길에는 가락동 농수산물 시장으로 가는 경우가 많다. 평일에는 퇴근시간이 늦어 시장 들르기가 좀 불편하다. 백화점의 식품부나 동네의 슈퍼마켓보다 나는 시장 가는 것이 더 좋다. 야채, 과일, 건어물, 수산물, 육류 등 파는 곳을 찾아 차를 몰고 다닌다. 값도 싸고 싱싱한 것들을 맘껏 고를 수 있기 때문이다.
　　어느 날 그곳에서 나는 한 소년을 보았다. 두 발이 없었다. 무릎 위로 허벅지와 엉덩이 부분에 두꺼운 고무판을 두르고 있었다. 신발 한 짝을 손에 끼워 땅바닥을 짚었다. 그리고 고무판을 엉덩이로 밀면서 앞으로 나아갔다. 다른 손으로는 길쭉한 나무 상자를 밀었다. 네 개의 바퀴가 달린 나무상자에 여러 가지 물건을 담고 다니면서 팔았는데, 상자 안에는 헌 카세트 라디오도 있었다. 그 카세트 라디오에서 유행가가 구성지게 울려 퍼졌다. 나는 그 소년을 볼 때마다 발걸음을 멈추고 저만큼 멀어질 때까지 지켜보곤 했다.

처음에는 몇 가지 물건을 사주었다. 그러나 대부분의 다른 사람들은 그 소년에게 너무 무관심했다. 소년 옆을 지나가면서 얼굴을 찡그리는 사람도 눈에 띄었다. 나는 뭐라고 말하고 싶었지만, 정작 입이 열리지 않았다.

그래서 동화를 쓰기로 했다. 내 동화를 읽는 독자들만이라도 몸이 불편한 사람들의 아픔을 이해해주기 바라면서.

그 동화가 실린 동화책이 나온 얼마 뒤였다. 경기도 안양시 관양초등학교에 다니는 5학년 어린이가 독후감을 보내 왔다. 나는 기쁜 마음으로 그 독후감을 여기에 옮긴다.

『점비와 우산 할아버지』라는 창작 동화책에는 재미있는 동화가 많이 있었다. 그 중에서도 나는 다리를 잃은 소년이 실망하지 않고 꿋꿋이 살아가는 것이 아름답게 보여서 「소년과 가로등」이라는 동화의 독후감을 쓰기로 했다. 그리고 안양 중앙시장에 나가보면 이 소년처럼 다리를 잃고 행상으로 살아가는 아저씨들도 이 소년처럼 꿋꿋하게 살아나갔으면 좋겠다는 생각을 했다.

소년은 가로등을 잘 모르고 지냈지만 가로등은 언제나 소년을 걱정해 주었다. 가로등은 소년이 늦게 나오거나, 안 나오는 날이면 소년이 나타나기를 기다리며 어디가 아픈 것이 아닌가 걱정했다.

나도 가로등처럼은 아니지만 시장바닥에 앉아서 가는 아저씨들을 보면 항상 안쓰럽다는 생각이 들었다.

가로등은 소년이 다치게 된 이유를 알고부터 더욱 안타까워했다.

어느 날 가로등은 처음으로 소년의 얼굴을 보게 되었다. 지저분한 옷에 지친 몸으로 가로등의 기둥에 어깨를 기대면서 소년은 가로등을 쳐다보고 말했다.

"넌, 참 용해. 어젯밤 비바람에 우리 집 지붕의 판자가 날아갔단다. 난 누워서 네 걱정을 했어. 혹시나 하고 말이야. 어쩌면 넌 다리가 이렇게도 튼튼하니?"

소년은 몸이 아파 누워서도 가로등을 걱정했다. 가로등은 벅찬 기쁨을 느끼게 되고 서로 친구가 된다는 이야기였다. 그리고 이 소년을 자기 트럭에다 태워주는 고마운 운전수 아저씨도 나온다.

나도 이제부터는 남을 걱정할 줄 아는 마음이 넓은 사람이 되고 싶다. 커서도 그런 사람이 되겠지만 트럭 운전수처럼 몸이 안 좋은 사람을 도우면서 살아야 되겠다. 그리고 가로등과 같이 남의 말을 귀담아 듣는 마음씨 좋은 아이가 되고 싶다.

(1993년)

우리 삶의 이야기는 한강과 함께

얼마간 서울을 떠나보면 곧 서울로 돌아가고 싶어진다. 어느새 나도 서울 사람이 다 된 모양이다.

서울은 긴 역사를 지닌 곳으로 이름난, 또는 아름다운 곳이 많다.

그러나 내 개인적으로는 한강에 가장 큰 의미를 두고 싶다. 만약 서울에 한강이 없었다면……. 상상조차 하고 싶지가 않다. 유유히 흐르는 저 넓고 긴 강이 없다면, 서울은 얼마나 단조롭고 삭막한 도시일까! 그리고 서울이 과연 오늘처럼 세계적인 도시로 발전할 수 있었을까?

1974년 3월부터 나의 서울 생활은 시작되었다. 4년간 근무했던 시골의 초등학교에 사표를 내고 서울에 있는 대학의 국문과에 편입학을 했다. 그 때의 서울 생활은 여러 가지로 힘들고 어려웠다. 경제적 형편도 그랬고, 거대한 도시와 낯선 사람들에 대한 두려움으로 긴장된 시간의 연속이었다.

그러나 하루 일과를 끝내고, 제3한강교를 건너 집으로 올 때면 잠시나마 기쁨을 누릴 수가 있었다. 비좁은 버스 속에서 온 몸은 젖은 솜처럼 피로했지만, 얼굴에는 미소가 피어올랐다. 석양의 붉은 빛을 빨아들이는 그 물결은 말로 다할 수 없을 만큼 아름다웠다. 흐린 날은 흐린 대로, 비가 오면 또 비가 오는 대로 흔들리는 물결은 내 마음을 쓸어 주었다.

계절이 바뀔 때면 그 계절의 변화조차 나는 한강의 물 빛깔에서 먼저 느낄 수가 있었다.

지금까지 나는 헤아릴 수 없을 정도의 많은 이야기를 한강과 나누었다. 그 전에는 마음 맞는 친구들과 한강가로 나갔지만, 요즘은 혼자서도 곧잘 한강 둔치로 차를 몰곤 한다.

강가에 앉아서 흐르는 물결을 내려다보고 있으면 자신을 관조할 수 있는 여유를 느낄 수 있다. 울적했던 기분이나, 가슴을 누르던 답답한 일들도 물결 위에 저만큼 던져두고 자신을 객관화시킬 수 있으니까.

내가 쓴 동화 속의 주인공들도 한강을 자주 찾는다. 그리고 한강이 배경으로 펼쳐지는 경우가 많다. 그 중에서「촌놈 꺽지」가 대표적인 예다.

주인공 상도는 초등학교 6학년 학생이다. 할머니, 할아버지, 엄마가 살고 있는 시골에서 외갓집이 있는 서울로 혼자 전학을 왔다. 외갓집은 한강에서 가까운 아파트였다. 외할머니와 대학생인 외삼촌은 상도를 따뜻하게 잘 보살펴주었다. 그러나 노처녀인 이모는 상도를 싫어하고 미워하기까지 했다. 그 미움은 상도의 엄마에 대한 이모의 감정이었다. 상도는 그 이유를 알지 못했다. 나중에 외할머니로부터 이북에 살고 있는 외할아버지 때문이라는 얘기를 듣고서야 고개를 끄덕였다.

어느날 무의촌 의료 봉사를 나갔던 외삼촌이 강원도 인제에 있는 어느 강에서 꺽지 한 마리를 낚아 왔다.

"이 꺽지를 보니까 갑자기 상도 네 생각이 나더라. 잘 봐라. 이 녀석 못생긴 입이 네 입하고 꼭 닮지 않았니?"

유리어항 속에서 금붕어들과 어울리지 못하는 꺽지를 볼 때마다 상도는 자신의 처지를 떠올렸다.

어느 일요일에 꺽지가 금붕어의 한쪽 눈알을 뽑아 먹는 사건이 일어났다. 금붕어를 애지중지해 온 이모가 당장 소리쳤다.

"꺽지를 내다 버려! 안 버리면 내 가만 두나 봐라!"

그 날, 상도는 식구들 몰래 비닐 봉지에 물과 함께 꺽지를 담았다. 자전거를 타고 한강으로 가서 꺽지를 놓아주었다.

"우리는 촌놈이제. 서울에서 만난 못생긴 촌놈. 촌놈은 촌놈답게 사는 기라. 니는 강으로 가고, 나는 공부 많이 하고 배워서 고향으로 돌아갈 기라……."

꺽지가 사라진 물결을 보며 상도가 다시 중얼거렸다.

"외할아버지도 이모도 미워하지 않을 기라. 난 누구도 미워하지 않을 기란 말이다."

　이 작품에서 한강은 막힌 현실을 새롭게 열어주는 희망의 공간이다.

　한강의 긴 흐름에 비하면 우리네 삶은 너무 짧다.

　그러나 아름답고 참된 삶의 이야기는 한강과 함께 계속될 것이다.

(1994년)

세 번의 등단 소감

　이 원고를 쓰기 위해 30년도 더 지난 앨범을 꺼냈다. 다른 앨범처럼 사진이 정리된 것이 아닌, 문단에 첫발을 내디딜 때 발표된 작품들(동화 중심)이 스크랩된 것이다. 겉표지의 색깔이 바랜 것은 말할 것도 없고, 속장은 조심하지 않으면 모서리가 푸석 부서질 만큼 낡았다. 이 낡은 앨범이 없었다면 오늘 내가 어떻게 그 시절을 이렇게 글로 쓸 수가 있을까?
　갓난아기 다루듯 조심스럽게 앨범을 펼치자, 이십대의 젊은 날들이 그대로 되살아난다.
　1970년 2월에 교육대학을 졸업하고, 3월에 울산시로 발령을 받았다. 울산시 교육청에서 부임할 학교를 확인했다. 고르지 못한 자갈길을 30분쯤 달려서 택시는 염포 초등학교 앞에 멈추었다. 교문도 없는 작은 학교. 교실 6개가 전부인 교사校舍가 저만치 보였다. 시市에 발령을 받았다고 다들 부러워했는데, 그 기대가 한순간 무너졌다. 33년 전, 그 때에는 학교와 마을에 전기불도 들어오지 않았다. 걸어서 5분 정도 거리에 현대자동차 울산공장이 터를 닦는 공사가 한창이었다.

봄방학으로 텅 빈 운동장을 걸어 들어섰다. 2월의 바람은 차고 건조했다. 운동장에서 남쪽으로 시선을 돌리자, 울타리 너머로 검은 개펄이 펼쳐져 있었다. 끝이 보이지 않는 저 개펄 끝에는 분명 바다가 있으리라. 푸른 물결의 내 고향 남해 바다와 이어지는……. 스스로를 위로하며 입술을 깨물었다. 머리 위에는 파란 하늘이 눈부셨다.

2학년 담임으로, 또 맡은 업무가 많아 낮 시간은 금방 지나갔다. 그러나 밤이면 외롭고 서러웠다. 부모, 형제, 친구들을 스스로 떠나왔는데, 오히려 버림받은 것 같았다.

촛불 아래서 책을 읽고 일기도 썼다. 그 무렵 초등학교 교사용 잡지로 『새교실』이 있었다. 「지우誌友 문예」라는 고정란이 있었는데, 3회 추천이 되면 작가로 인정 받았다.

여고시절부터 문학에 관심이 많고 글쓰기를 좋아해서 다른 내용보다는 문예란을 즐겨 읽었다. 여고 때는 시詩로 교내백일장에서 수상을 했고, 교대 학보에는 단편 소설을 실었다.

그 문예란을 통해 동화에 눈을 뜨게 되었다. 이론적인 것은 배우지 못했지만, 나름대로 터득해 나갔다.

남의 작품들을 부지런히 찾아 읽으면서 동화 창작에 열중했다. 그리고 『새교실』에 원고를 보냈다. '70년 10월호, '71년 3월호, '72년 4월호로 추천이 완료되었다.

한편으로는 명동성당에서 발행하는 『가톨릭 소년』의 추천도 받았다. 햇병아리 교사가 동화 창작에 재미를 붙여 자꾸 원고를 보내니까 『새교실』에 계시던 이영호(동화작가) 선생님이 원고를 그 쪽으로 주셨다. '71년 5월호와 '72년 4월호(2회 추천)로 추천이 완료되어 두 잡지의 소감을 같은 달에 썼다.

만 스물두 살, 그 때의 목소리를 옮겨 본다. 먼저 『새교실』이다.

우주의 한 모퉁이를 정결하게 가꾸듯

깊은 산 속 어느 자그마한 산사山寺. 어린 행자行者는 아침 이른 시각에 절간 주변을 싸리비로 말끔히 쓸곤 한다. 노老 스님은 행자를 향해 빙긋이 웃음을 머금고 계시다. 매일 같이 반복되는 스님의 웃음을 하마 헤아릴 수 없어 스님께 그 뜻을 사뢰자,

"약하고 보잘것없는 손이 광활한 우주의 한 모퉁이를 정결하게 가꾸고 있으니, 내 어이 기쁘지 않겠나!"

묵묵히 걸음 하면서, 작품을 가꿀 때, 교단에 서서, 곧잘 행자의 그 손에 나의 소망을 묶어 본다. 조용히 지켜보시는 부모, 형제, 스승, 친구가 혹시 웃음 아닌 괴로움을 나로 인해 감당하시지 않는지? 웃음을 드리기 위해 아니, 내가 웃기 위해, 웃음 이전에 맞서야 하는 그 뼈저리고 외론 작업. 그것은 이미 숙명처럼 정겹기까지 하다. 하지만 정

작은 우주도 내 자신도 모를 때가 더 많다.

추천을 맡아 주신 박홍근, 김동리, 오영수 선생님께 멀리서나마 곱게 인사를 올리며, 키워주신 장욱순 편집부장님과 이영호 씨의 뜨거운 은혜도 맘 가장자리에 묻어둔다.

다음은 『가톨릭 소년』에 실렸던 것이다.

하늘만큼 곱고 바다만큼 참되게

촛불을 밝히고 책상머리에 자리한다. 만년필의 잉크가 고르고 매끄럽게 선을 따라 흐른다. 나를 알고자 버둥질할 때마다 가시철망으로 겹겹 에워싸는 생존에의 곤혹.

그러나 무겁고 짙은 어떤 어둠도 한 떨기 작은 불꽃 앞엔 스스로 밀려나기 마련임을 조용히 되뇐다. 외롭게 커 가는 어린 마음들에 더욱 무심한 세상. 그 세상을 탓하기보다 열심히 빛의 여운을 가슴에 담기로 하겠다. 하늘만큼 곱고 바다만큼 참되게.

회갑을 맞으시는 엄마께 먼저 이 기쁨 드리고, 기쁨이 있게 해 주신 장욱순 선생님과 이석현 편집장님께 감사드린다. 계속 지켜보시기를 감히 부탁 올리며, 제발 문학에 정진하는 나의 나이가 부끄럽지 않기를 바랄 뿐이다.

초등학교에 몸을 담고서도 문학공부에 대한 꿈을 놓지 못해, 동국대학교 국문과 2학년으로 편입했다. 시야가 넓어지니까 잡지 추천보다는 공모公募로 당선되어 등단을 인정받고 싶어졌다. 대학 3학년 가을에 『중앙일보』의 광고기사를 봤다. 「소년중앙 창간 7주년 기념, 50만원 동화 동시 모집」.

그래서 밤을 세워가며 글을 썼다. 시간이 모자라 강의실 뒷자리에서도 원고 고치기에 정신없었다. '75년 12월 3일 『소년 중앙』으로부터 '당선 소감 급송' 이라는 전보를 받았다. 동화 426편 가운데 뽑혔고, 이원수 선생님과 이문희 선생님이 심사하셨다. 제목은 「가슴에 바다를 담고」였으며, 만 25세 때의 당선 소감이다.

더 넓고 깊은 가슴을

일상적인 생활의 무딘 타성에서 벗어나기 위해, 나의 부족한 여러 면과 부딪쳐 보기 위해, 4년간의 교단에서 물러나 대학으로 왔었다.

아직은 가르치기보다 내 공부해야 하고, 웃기보단 울어야 하고, 즐기기보다는 괴로워해야 하고, 아파하고, 신음하고, 절망하고, 다시 절망하는 그런 나이를 살고 싶다.

참 오랜만에 나의 하늘을 올려다본다. 늘 푸르고 멀기만 한 저 하늘. 가슴에 바다를 담은 이제, 더 넓고 깊은 가슴을 키워 하늘을 담으려 발돋움해야겠다.

이 자리를 마련해주신 여러 선배님, 그리고 선생님들께 다소곳이 머리 숙여 인사를 드린다.

'76년 1월, 중앙일보 3층 회의실에서 신춘문예 당선자들과 함께 동화부문 최우수 상패와 상금을 받았다.

이렇게 세 번의 등단 소감을 쓰게 되었다.

(2003년)

가을이면 생각나는 친구

가마솥 무더위라고 신문이며, 텔레비전에서 연일 아우성이다. 무더위는 계속되지만, 해는 어김없이 서산에 지고 밤이 깊을수록 어둠도 짙어진다.

그 짙은 어둠 속에서 들려오는 저 풀벌레들의 울음소리. 이 무더운 여름에 나는 저 울음소리에서 벌써 가을을 느낀다. 가을이면 생각나는, 가을같이 차갑고 투명한 성품의 친구가 있다. 그 친구는 내게 무수한 편지를 보내 주었고, 나는 그 어떤 보물보다 소중히 그 편지들을 간직하고 있다.

여자에게 있어 친구란 무엇일까? 다들 별거 아니라고 그런다. 결혼을 하고 남편과 아이들과 살림 속에 묻히면 친구쯤은 잊을 수 있고, 잊지 않더라도 잊은 것처럼 살아간다고들 한다.

그러나 나는 그런 논리에 쉽게 수긍할 수 없다. 그 친구를 잊을 수도, 잊은 것처럼 살 수도 없기 때문이다.

어느 때고 꼭 만날 것이라 믿는다. 다시 만나게 되면 옛날처럼 편지를 주고받으며 살게 되기를 간절히 바라고 있다.

풀벌레들의 울음소리가 점점 더 맑고 높아진다.

여러 해 전, 내가 갓 등단하여 글을 쓰고 있을 때, 그 친구는 부모 형제보다 내게 더 힘찬 채찍을 보내 주었다. 그 채찍의 일부이며 내가 소중히 간직하는 보물 중의 하나를 꺼내 조심스럽게 펼친다.

희야!

종일 움직이고 헐떡거리다가 지금에야 잠자리에 엎드렸다. 몸은 몹시 지쳐 있어도, 잠은 쉬이 와줄 것 같지가 않다. 인간이 늙고 그리고 포기하며, 적당히 아량 있게 늙어가는 방법들이 많다는 사실을 요즘 깨달으며 산다.

지금까지도 승산 없는 삶의 투쟁을 계속해 왔고 또 그러리라고 생각되는데, 지치고 있지만 난 결코 그 투쟁을 포기하지는 않을 것이다.

삼십―. 참으로 아득하다. 갑자기 속물스러워지는 이 나이. 하지만 희야, 우리는 삼십을 의식하여 편히 살지는 못할 것이다.

인간이 행복하고서도 진실한 작품을 쓸 수 있다고 생각하니? 몰라. 내가 읽은 좋은 책의 저자들은 가난 아니면 기벽으로 불행을 스스로 찾은 사람들이 아니었나 싶다. 예술이란 고통 속에 생겨나며

궁극은 그 고통을 벗어나려는 몸부림! 사랑, 부귀, 그런 것에 비록 행복할지라도 거기에 또 하나 다른 욕구의 주머니가 달려 공허와 고독과 불행을 느끼는 그런 부류의 인간들이지.

 이런 얘기 고깝게 생각 말기를. 사랑을 얻지 못해 불행하다고 여겨지면 사랑을 찾아 나서는 일이 보다 현명해.

 내가 생각하기에 사랑은 글 쓰는 작업보다 훨씬 쉽고 안이한 것이니까.

 넌 아무래도 쓰는 일을 포기할 수가 없을 거야. 타고 난 재능은 잔인한 고용주와도 같아. 계속해서 공부하고 꾸준히 써야 할 뿐이지.

 희야!

 끝으로 테일러 콜드웰의 글을 네게 보낸다.

 '만약 내 자식 중 누가 작가가 되려고 하면 나는 그에게 하느님의 가호만이 필요하다고 말해 주겠다. 그래도 계속 글쓰기를 고집한다면 다른 직업을 바꾸라고 서슴지 않고 충고하겠다. 세상에는 글 쓰는 것 외에 생계비를 버는 손쉬운 길이 얼마든지 있다. 하다못해 소금광산에서 일을 하더라도 먹고 살 수 있다. 그러면 작가는 무엇을 해야 하는가? 쓰는 것뿐이다. 그것이 바로 그의 운명이다. 저술은 그 대가가 있다는 것을 나는 인정한다. 그러나 작가치고 곱게 조용히 나이 들어가는 사람은 거의 없다. 독창적인 저술이란 정신적으로 육체적으로 완전히 한 인간을 소모시켜 버린다. 그러나 계속 정진할 밖에……. 그 외에 다른 일은 아무 것도 있을 수 없다.'

 ―연이가

편지는 거기서 끝나 있고, 나는 긴 숨을 토해낸다. 이런 친구가 있었기에 난 지금도 계속 글을 쓸 수 있는지 모른다.

하동의 청암에 있는 산골학교를 자원했고, 택시 운전기사가 가장 큰 꿈이라는 그곳 어린이들에 진정한 의미의 꿈을 키워주던 친구. 지금은 어디서 어떻게 사는지 모르지만, 내가 그리워하는 동안은 그 친구도 결코 내 곁에서 떠나지 않을 것이다.

삶의 과정에서 좋은 친구는 그 무엇과도 비교될 수 없는 고귀한 존재이다. 나의 경우엔 더욱 그러하다.

(1983년)

잃어버린 색동 고무신

2 옴의 강가에서

    저무는 강가에서 지는 해를 본다. 하루가 다하고 서서히 어둠이 깔리는 시각. 강물은 안으로 더 안으로 깊이 가라앉은 모습이다.
    산 그림자를 안고 있는 수면 위로 암갈색 어둠이 스민다. 자디잔 물살 위로 이름 모를 새떼들이 무리 지어 난다. 그들 중 한 마리가 앞장서서 강둑을 향하자, 나머지 새들도 그 뒤를 따른다.
    강둑에는 마른 억새들이 마구 헝클어진 모습이다. 강둑을 스쳐 날던 새떼들은 서쪽 하늘을 향해 높이 날아간다.
    멀어져 간 그 새떼들의 가벼운 날개 끝에서, 서쪽 하늘에 남아 있는 몇 조각의 붉은 구름에서, 자디잔 물살 위로 스미는 암갈색 어둠에서, 저 마른 억새의 헝클어진 모습에서, 2월의 저녁 강바람에서, 아득한 내 유년의 시간들이 되살아온다.

그러니까 22년 전인가, 23년 전인가? 그 때는 이번에 다시 실시된 대학입시와 비슷한 선지원 후시험의 입시제도였다. 대학은 물론, 고등학교, 중학교도 같은 방법으로 신입생을 뽑았다.

시골 고향에서 중학교를 졸업하고, 도시의 여학교 진학을 앞둔 열여섯 나이의 2월!

지금까지 무수한 2월을 맞고 보냈지만, 아직도 나는 그 나이의 2월을 잊을 수가 없다.

낯선 도시의 새로운 여학교에서 처음 대하는 그 많은 얼굴들에 대한 기쁨과 설렘보다는, 두려움과 불안이 나를 에워쌌다.

그 두려움과 불안을 어머니의 손길처럼 느끼게 해주던 2월의 바닷바람……. 2월의 봄방학은 으레 고향의 바닷바람과 지내곤 했다. 짧은 기간이지만 봄방학은 내게 휴식과 새출발을 위한 자양분이었다.

파도가 밀려오는 바닷가에서 남빛 바다의 그 고요를 음미하며, 물새들의 유연한 날갯짓에 한가로운 눈길을 보냈다. 서쪽 하늘에 붉은 노을이 서서히 엷어지기 시작하면, 갈대밭을 지나 어둠을 밟으며 끝없이 걸었다.

그 때 바닷바람이 내게 속삭였다.

"떠나야지. 새로운 시작을 위하여……."

바닷바람의 그 속삭임으로 나는 또 새로운 시작을 할 수 있었다. 고등학교를 입학하고 졸업하고, 또 대학을 입학하고 졸업했다. 그리고 사회인으로 걸음을 내딛을 수 있었다.

교사였기에 학생 때처럼 봄방학이 있었고, 고향의 그 바닷바람과 함께 2월을 보낼 수 있었다.

그런데 언제부터였던가? 결혼을 하고, 두 아이의 엄마가 되고, 단조로운 일상의 타성에 묻혀들면서 나는 내가 누구인지를 잊듯이 그 바닷바람을 잊었다. 삶이란 참……. 때론 미궁 같았다.

오늘, 2월의 강바람에서 갑자기 견딜 수 없는 부끄러움을 느끼며, 마른 억새처럼 강둑에 섰다.

"떠나야지. 새로운 시작을 위해서……."

아스라한 기억의 망막 속에 있는 고향의 그 바닷바람은 아니었다. 그러나 그 속삭임은 분명 귀에 익었다.

학년이 바뀌고, 졸업을 하고, 상급학교로 또는 사회로 발돋움하는 학생들 때문일까. 내 의식은 2월에야 비로소 그 해를 마무리한다.

2월은 길고 춥고 음울했던 겨울의 끝인 동시에 새봄의 은밀한 시작이다. 떠나야 할 모든 것이 출발점에 서야 하는 달이다.

그러나 교단에 선 나는 새 학년의 학생들을 맡기 위해 그 자리에 그대로 남으리라 다짐해 본다.

바람이 분다. 강바람이 자디잔 물살을 만들며 길게 누운 강을 따라 흐른다. 산 그림자를 안고 암갈색 짙은 어둠 속에 잠자듯 누워 있는 저 강물은 어디로 가는가? 먼 바다, 더 넓은 그 어디로 향할까?

2월에 남으리라던 내 다짐도 잠시일 뿐, 강바람이 그 다짐을 유혹한다. 강둑을 따라 마른 갈대풀 사이를 천천히 걸으며, 강바람의 속삭임을 듣는다.
 "세상에 남겨질 수 있는 것이 있는가? 어디에 무엇으로 어떻게 남는다는 말인가? 소리 없는 물살의 작은 흔들거림 하나……."
 2월의 강바람에 실려 어느새 나도 작은 물살 하나로 흔들리고 있다.

(1988년)

여유 있었던 삶

전기 대학 입학원서 마감 시간이 가까워지고 있다.

지난 며칠 동안 나는 정신없이 바빴다. 우리 반 학생들의 대학 또는 학과 선택에 따른 면담이며, 원서 작성에 온 정성을 다 쏟아야 했기 때문이다.

'범죄와의 전쟁'이라는 그 살벌한 말이 예사롭게 들리듯, '입시 전쟁'이라는 말이 나와는 이제 친숙한 사이가 되어 버렸다.

마감 몇 십 분을 남겨둔 지금, 각 대학의 원서 접수 창구는 눈치 작전과 함께 몰려드는 인파로 북새통을 이룰 것이다. 그러나 고등학교 교무실은 한산하다 못해 정적이 감돈다. 다급하게 울리는 전화벨 소리가 순간순간 정적을 깨뜨리긴 하지만.

슬며시 자리에서 일어나 창문 곁으로 다가갔다. 운동장 둘레에 서 있는 옷을 벗은 나무들이 한눈에 들어온다. 잎이 진 앙상한 나뭇가지를 보노라니 문득 내 여고 시절 그 교정의 나무들 모습이 떠오른다.

가을이면 헤아릴 수 없이 많은 낙엽을 떨어뜨리던 그 이름 모를 나무들. 지금도 그 자리에 그대로 서 있을까? 국어 교과서에서 이효석의 수필「낙엽을 태우면서」를 배운 날이었다.

벚나무 아래에 긁어모은 낙엽의 산더미를 모으고 불을 붙이면, 속엣 것부터 푸석푸석 타기 시작해서, 가는 연기가 피어오르고, 바람이 없는 날이면, 그 연기가 낮게 드리워서, 어느덧 뜰 안에 자욱해진다. 낙엽 타는 냄새같이 좋은 것이 있을까? 갓 볶아 낸 커피의 냄새가 난다.

방과 후 청소 시간에 낙엽을 쓸어 모아서 태웠다. 그 때까지 한 번도 마셔본 적이 없는 커피의 그 냄새를 즐기기 위해서. 친한 친구들이 빙 둘러 낙엽더미를 에워쌌다. 낙엽에서 연기가 피어오르자, 저마다 코를 벌름거리며 연기를 들이마셨다. 그 수필의 한 구절처럼 낙엽 타는 냄새가 그렇게 좋은 것인지, 커피 냄새가 어떤 것인지 궁금했다. 그래서 낙엽 타는 매운 연기에 눈물을 질금거리면서도 계속 코로 '흠흠' 댔다.

내 여고 시절은 1960년대 끝자락이었고, 중·고·대학을 진학할 때마다 입학시험을 치렀다.

진주여고는 서부 경남에서 손꼽히는 학교였기에 수험생들은 제 고장의 명예를 안고 몰려들었다.

그러나 열여섯에 부모형제와 고향집을 떠나야 했기에 밤이면 이불 속에서 흐느끼다 잠들기 일쑤였다. 그래도 여러 고장에서 모여든 친구들과 사귀고, 선생님들의 자상한 가르침으로 그럭저럭 견디어 나갔다.

3월 말인가 4월 초에 교실 두 칸 크기의 도서실을 처음으로 찾아 갔다. 그리고 나의 하루하루는 다르게 시작되었다. 책 속에는 지금까지 몰랐던 세계가 있었다. 감동적인 대목에 사로잡히면 그냥 책장을 넘기기가 아까워 눈을 감았다 한참 뒤에 눈을 뜨면 천장에 매달린 그 백열등의 전구가 어쩌면 그리도 눈부셨던지!

그 시절에도 나름대로의 크고 작은 아픔과 괴로움이 없지 않았다. 그러나 다시 생각해봐도 지금의 우리 학생들보다는 자발적이고 여유로운 삶이 아니었나 싶다.

지금의 우리 학생들은 아침 해도 뜨지 않는 7시 30분에 이미 수업을 시작한다. 온종일 꽉 짜인 수업 시간표. 입시 비중이 높은 과목은 하루에 두세 시간씩 겹치는 게 예사다. 인문계 고등학교는 점점 입시 학원 같고, 학부모들은 또 대학에 합격하는 학생 수로 학교의 우열을 판가름 한다.

물질의 풍요 속에 정신적 빈곤을 벗기가 어려운 우리 학생들의 요즘 현실이 정녕 안타깝다.

동전 몇 개면 자동판매기에서 마음대로 커피를 뽑아 마실 수 있는 세상이다. 그런데도, 커피 냄새를 즐기려다 낙엽 타는 매운 연기에 눈물만 질금거렸던 그 시절이, 자꾸만 그리워지는 건 무슨 까닭일까!

(1992년)

낮달과 함께

 오전 수업을 끝내고 살그머니 학교를 빠져 나왔다.
 풀려나고 싶었다. 나를 옭아맨 온갖 보이지 않는 끈으로부터 풀려나고 싶었다.
 시외버스 정류장까지 단숨에 도착했고, 곧 표를 샀다. 직장에서 벗어났으니 이제 서울을 벗어날 차례였다.
 '누구도 몰라야 해.'
 자신에게 은밀히 타이르며 차를 기다렸다. 무심코 고개를 위로 향했다가
 "아차!"
들키고 말았다. 하늘 가운데 떠 있는 저 희미한 낮달에게. 낮달은 소리 없이 날 내려다보고 있었다.

나는 피식 웃으며 고갤 끄덕였다.
"그래 좋아. 너와는 함께 갈게."
조금 전 자신에게 은밀히 타이른 말이 객쩍어서 가방을 추슬렀다. 핸드백이라기엔 좀 크고, 여행 가방이라기엔 훨씬 작다. 그러나 가방의 무게는 늘 상당했다. 도시락, 책, 잡다한 소지품들로.
그러나 지금은 아침에 배달되어 아직까지 틈이 없어 마시지 못한 우유 한 봉지와 메모 노트, 그리고 만년필, 손수건, 거울 정도였다. 부피만으로도 내 시선을 짓누르는 대학원 전공의 그 책들은 물론 한 권도 가져오지 않았다.
국어 교사로, 대학원 학생으로, 두 아이의 어머니로, 아내로, 그 어느 얼굴도 가지지 않은 채, 나는 홀가분히 서 있었다.
인천행 차가 왔다. 나는 사뿐 뛰어 차에 올랐고 적당히 자리 잡아 앉았다. 지금부터는 아무것도 생각하지 않아도 좋다. 내 모든 얼굴을 두고 왔듯 모든 생각도 두고 왔으니까. 5백 30원의 시외버스 표 한 장이 이렇게 나를 편안하게 해줄 줄이야!
내가 서울에 와서 살기 시작한 것이 언제부터인가? 1974년 2월. 그러니까 8년이란 세월이 흘러갔다. 그 사이 나는 무엇을 얻었고, 무엇을 잃었을까?
한강의 물빛이 비로소 내 시선에 와 닿는다. 엷은 녹색이다. 차는 한강을 오른쪽으로 하고 계속 강변로를 달렸다.
엷은 녹색의 저 물 빛깔! 저건 분명 가을의 물빛이다. 아, 이제야 생각이 떠오른다. 내가 왜 이 차를 탔는가? 왜 인천행 표를 샀는가? 남해 바다. 내 고향의 저 물 빛깔. 그것 때문이다.

가을의 바다를 본 사람은 알 것이다. 가을 바다의 그 물 빛깔을. 나는 바다가 그리웠다. 아니, 그리웠다는 표현만으로는 너무나 부족하다. 바다가 미칠 듯 보고 싶어도 바다를 만날 수 없던 그 숱한 나날들. 때론 택시를 타고 무조건 잠수교로 가자고도 했었다. 겨우 3분이나 1분쯤 잠수교를 스쳐 가면서 한강의 그 물결에 나는 바다를 꿈꾸었다.

나를 얽어맨 시간은 항상 철저하고 엄격했다. 그래서 그 시간들에 저항하고 부딪쳐도 봤지만, 되돌아오는 건 상처뿐이었다. 오히려 더 거세게 목을 옥죄는 시간의 얽매임. 나는 서서히 그 얽매임을 받아들이면서 하나씩 나의 시간을 포기하기 시작했다. 내 본래의 얼굴, 생각, 목소리, 노래, 추억 같은 것을. 이제는 내가 무엇을 그리워하는지조차 모르고 그저 살아갈 뿐이다.

오늘, 갑자기 무슨 용기로 이 과감한 탈출을 시도했는가? 나는 매연이 가득한 공간에서 더 이상 숨쉬지 못하고 허덕이는 어린 새 한 마리를 보는 것 같았다. 모든 것을 다 빼앗기고 잃었지만, 날고 싶다는 본능만은 떨칠 수가 없는 어린 새 한 마리.

버스는 영등포역 앞을 지나고 있었다. 비좁은 거리를 버스는 용케도 잘 빠져 나갔다. 다들 바삐 움직이며 묵묵히 사는 것처럼 보였다. 그런데 나는 자꾸만 어린 새가 된 것 같았다. 어찌하여 저들처럼 바쁘게 또 묵묵히 살지도 못하는가.

도대체 삶이란 무엇인가? 겨우 서른세 해를 살고서 이토록 삶이 적막하게 느껴지는 건 결코 계절 탓만이 아닐 것이다.

3시 12분. 인천 시외버스 터미널에 도착했다. 하늘을 쳐다봤다. 낮달도 나와 함께 도착해 있었다.

다시 송도행 버스에 올랐다. 송도에서 바다 쪽으로 나가려면 입장권을 사야했다. 입장료 7백원을 내밀며 혼자 쿡쿡 웃었다.

바다를 보러 가는데 입장료를 내야 한다면, 죽어서 저승을 가는 데도 분명 입장료를 준비해 두어야 할 것만 같았다.

화요일 오후의 송도 유원지는 퍽 한가롭고 조용했다. 흥겨운 유행가 가락이 유원지 안에 울려 퍼지고 있었지만, 눈부신 햇살조차 쓸쓸했다. 바람결 사이로 나부끼는 갯냄새.

천천히 방파제 쪽으로 걸음을 옮겼다. 얼마쯤 걸어 나갔을까. 방파제의 높직한 둑을 힘겹게 올라섰다. 그 순간,

"아!"

그 자리에 못 박힌 채로 숨을 멈추었다. 뜨거운 눈물이 막 쏟아졌다.

'바다여, 저 멀고 아득한 수평선이여!'

목이 터져라 외칠 것만 같았는데 한 마디도 목을 넘어 나오지 않았다. 바닷물은 수평선 저 끝까지 다 빠져 나가고 썰물의 개펄에는 햇살이 은구슬처럼 뒹굴었다. 가끔 물새가 끼룩끼룩 울었다. 참으로 한가롭고 참으로 조용했다. 그 누가 나를 의식해 주지 않아도 좋고, 내가 누구인지 내 스스로조차 몰라도 좋은 이 바닷가. 빈 개펄에는 작은 게들이 구멍과 구멍 사이를 쉼 없이 오

갔다. 바다가 살아 있음을 말해주고 싶어 하듯.

출렁거리는 큰 물결이 보고 싶었다. 그러나 큰 물결은 저 멀고 아득한 수평선 너머에 있었다.

"그래! 아직은, 아직은 아닐 거야. 그리움을 안고 사는 것에 만족해야 하겠지. 저 먼 수평선 너머에서 출렁거리며 이쪽으로 오고 있을 거야. 그 큰 물결을 만나려면 아직은 기다려야 해. 더 많은 노력과 인내의 고통으로 나를 키우면서. 그 큰 물결을 만나려면."

그렁그렁 눈물이 다시 고였다. 긴 방파제를 두 번 오가는 사이 해는 서편으로 기울었다.

낮달에게 시선을 돌렸다가 나는 화들짝 놀랐다. 있는 듯 없는 듯 희미하던 그 낮달이 선명하게 모습을 갖추고 있었다. 동행을 약속했기에 낮달의 존재를 무시할 수도 없었지만, 선명해진 그 모습이 나를 재촉했다. 낮달이 언제까지 낮달일 수 없듯, 내가 언제까지 아무것도 아닌 채로 여기에 있을 수는 없었다.

낮달은 자꾸만 나를 다그쳤다.

'그래, 알았어. 알았다니까!'

나를 기다리는 두 아이들, 남편이 생각났다.

'이제부터는 어머니, 그리고 아내가 되는 거야.'

나는 거기에 알맞은 얼굴을 되찾았다. 그리고 버스 정류장을 향해 급한 걸음으로 뛰기 시작했다. 나와 함께 바다까지 왔던 그 낮달도 이제는 낮달이 아닌 채 나와 함께 뛰었다.

(1983년)

잃어버린 색동 고무신

지금은 유치원에 다니고 있는 큰애가 첫돌을 넘긴 얼마 뒤였다. 집안 청소를 하느라 아파트의 문을 모두 활짝 열었다.

청소가 거의 끝날 무렵 아이를 찾으니 베란다에 나가 있었다. 걸음마를 배우고 있는 때라, 집안에서도 색동 고무신을 신겨 두었다. 그런데 한 짝은 옆에 있고 다른 짝은 보이지 않았다. 베란다 난간 밖으로 던져버린 게 분명했다. 큰애는 가지고 놀던 인형이며, 장난감, 그림책, 슬리퍼 등 무엇이든지 내던지길 좋아했다.

그 날 오후 내내 베란다 아래쪽의 풀밭을 뒤졌지만, 색동 고무신은 끝내 찾지 못했다. 결국 그 비슷한 다른 것을 샀지만 그건 잃어버린 색동 고무신의 대용품일 뿐이다.

나는 가끔 그 '대용품' 에 대해 생각하곤 한다. 대도시의 많은 사람들은 한결같이 제 집을 갖고자 소망한다. 땅이 비좁기에 그 소망은 더 절실하고 지극한지도 모른다. 그 소망에 비례하듯 생겨나는 수많은 아파트들!

바로 집의 대용품이 아닐까?

더운 물, 찬 물이 수도꼭지 하나로 해결된다. 마스크를 쓰고 연탄을 갈며, 무거운 재를 치워야 하는 고통에서 벗어나게 해 준다. 참으로 편리하고 유용한 것이 아파트다.

그러나 나는 두 아이의 엄마로서 집의 대용품으로 마련된 이 아파트가 편리하고 유용한 것만이 아니라고 느낄 때가 많다.

아직 어린 탓인지 애들은 파리를 보고도

"엄마, 바퀴벌레가 여기도 있어."

그냥 웃어넘길 수 없는 통증이 가슴에 닿는다.

뿐만이 아니다. 자라는 아이들의 강한 욕구를 억제시켜야 할 때가 너무도 많은 점이 또 그렇다.

"망가진 그네엔 매달리지 마라!"

"아파트 옥상에 올라가면 위험해!"

"베란다 밖으로 무엇이든지 던지면 큰일 나. 고갤 내밀어도 안 돼!"

어떤 때는,

"얘들아, 제발 좀 조용조용 걸어라. 뛰지 말고 응? 아래층 아줌마 또 올라오시겠다."

건강하고 힘차게 뛰노는 것마저 불안하기 일쑤다.

시멘트 문명이 인간에게 안겨주는 소외감은 날로 심각하다고 들 한다. 인간과 인간 사이의 고립감도 그렇지만, 인간이 자연으로부터 소외되고 있는 것이 더 큰 문제인 것 같다. 자연에서 나서 마침내 자연으로 돌아가야 하는 인간인데 말이다.

얼마 전, 아파트 단지에 공기 총탄이 날아와 우리 모두의 가슴을 서늘하게 했다. 얼굴은 온통 흰 붕대로 감은 어린 소녀의 모습은 뇌리에서 쉽게 지워지지가 않았다.

피서 간 매형 집을 지키던 고 3년생이 범인으로 잡혔다.

'총알이 얼마나 멀리 날아가는지 알아보기 위해서였다.' 는 것이 이유라니! 그것도 사람을 겨냥해서 한 번도 아닌 세 번씩이나 총을 쏘았다니 너무도 어처구니 없다.

인간다움의 상실!

참으로 무섭고 슬픈 일이 아닐 수 없다.

잃어버린 색동 고무신은 그 대용품이라도 있다.

그러나 인간다움을 상실한다면 그것을 대신할 대용품은 과연 어디에 있을까?

(1981년)

밤의 창가에 서서

 초등학교 동창들과 만나는 자리가 마련되었다. 서울이라는 한 지붕 아래 살면서 이렇게 긴 세월을 한 번도 만나지 않고서야 되겠느냐고 갑자기 몇몇 남자 동창들이 나섰다는 것이다.
 그동안 남자 동창들끼리는 서로들 연락하고 회포도 풀어왔다고 한다.
 물론 여자 동창들도 모임이 없었던 것은 아니지만 나는 참석을 못 했다. 평일의 점심시간에 모이니까 근무시간과 겹쳐 나갈 수가 없었다.
 약속 장소는 잠실에 있는 어느 식당이었다. 저녁 식사가 거의 끝날 무렵에 나는 그곳에 도착했다.
 안으로 무심코 들어서다가 나는 어리둥절한 표정을 짓고 말았다. 흰머리가 희끗희끗한 중년의 남자들, 아니 처음 보는 듯한 낯선 아저씨들의 시선이 모두 내 쪽으로 쏠렸기 때문이다.

"이게 누고? 아이고, 반갑다야!"

얼른 여자 동창생이 다가와 손을 잡았다. 누군가가 빈자리를 마련해 주었고 그 쪽으로 가서 앉았다. 오랜 세월이 지났지만, 그래도 여자 동창들의 얼굴에서는 옛날의 모습을 더듬어낼 수 있었다. 그러나 남자 동창들은 아무리 둘러봐도 누가 누군지 쉽게 짐작할 수가 없었다.

남자 동창들의 이름과 직장과 전화번호가 적힌 종이 한 장을 내 앞으로 누가 건넸다. 과장, 상무, 공무원, 이사, 실장, 사장, 군인, 의사, 교수, 사업가 등등 여러 직책과 직업처럼 그 얼굴이며 몸집도 다양했다.

하긴 그 세월 동안 강산이 변해도 몇 번은 변했을 테니까. 손가락으로 가만가만 헤아려보니 초등학교를 졸업한 지가 33년이 지나 있었다.

나는 바로 옆자리의 남자 동창에게 물었다.

"애, 넌 이름이 뭐니?"

어색함을 감추기 위해 일부러 반말 투로 물었다.

"니 정말로 내가 누군지 모르겠나? 나 말이다, 고무줄 끊어먹기 대장이었던 C구마!"

"그 장난꾸러기 C가 이렇게 의젓한 중년 신사로 변했어? 그런데 그 때 빼앗아갔던 우리들 고무줄은 다 어떻게 했니?"

"지금 입고 있는 이 빤스 고무줄도 다 그 때 끊었던 것이제!"

사투리를 섞은 C의 익살에 한바탕 웃음이 터졌다.

저녁식사가 끝나고 장소를 옮기기 위해 다들 일어섰다. 남자 동창 열두 명에 여자 동창 열 명이 밖으로 나서자, 넓은 길이 갑자기 비좁게 느껴졌다. 밤바람은 차고 매서웠지만, 어린 시절로 돌아간 마음들은 훈훈하기만 했다.

G가 내 옆으로 다가와 말을 걸었다.

"길에서 우연히 만났다면 분명 널 못 알아봤을 거다."

"그건 나도 마찬가지야. 난 지금 네 아버지하고 걸어가는 기분이야. 어쩜 내가 기억하는 네 아버지 모습과 그렇게 닮았니?"

뒷머리를 만지며 웃는 입모양까지도 꼭 같았다.

2차로 들어간 곳은 술과 음악과 적당히 어두운 붉은 불빛 때문에 더 정겨움이 넘쳤다.

서로들 자리를 바꿔가며 술잔을 나누었다. 타임머신을 탄 것처럼 삼십여 년을 건너뛰어 어린 시절의 이야기로 꽃을 피웠다.

나는 N에게 귓속말로 물었다.

"아까 그 명단에 왜 K의 이름이 빠졌니? K도 서울에 살 텐데."

그러자 N이 빠르게 말했다.

"그 친구 몇 해 전에 저세상으로 갔잖아!"

순간 숨이 딱 멎었다.

"그럴 리가……."

N이 몇 마디 더 들려주었다. K는 회사원이었다고 한다. 그 날도

외국 바이어들을 접대하느라 자정을 넘겼다. 피곤한 몸으로 차를 몰고 귀가하다가 교통사고로 그 자리에서 숨졌다는 것이다.

"부모님은 연세가 많으셨고, 세 아이들은 아직 어렸어. 그 부인이 넋이 나간 듯 울지도 않더라. 이 서울 땅에 누가 있냐? 우리 동창생들이 장지도 구하고 장례도 치렀다."

N의 말이 끝나도 내 눈에선 계속 눈물이 나왔다. 어두운 조명 덕분에 눈물은 감출 수 있었지만, 허전한 마음만은 달랠 수가 없었다.

초등학교를 졸업하고 K를 다시 만났던 것은 여고 3학년 2학기였다. 그 때 나는 고향을 떠나 진주에서 여고를 다녔고, K는 중학교부터 진주로 이사를 와 있었다.

한 번은 우리학교 1학년 여학생이 K의 쪽지를 전해주었다. 만나고 싶다면서 어디로 나와 달라는 내용이었다. 심부름을 했던 1학년 여학생이 K의 먼 친척이라고 했다.

나는 K가 만나고 싶었지만 선뜻 용기가 생기지 않았다. 그래서 초등학교를 같이 다녔고 한 방에서 자취하는 친구와 함께 나갔다. 그렇게 셋이서 두 번인가 더 만났다.

그 후, 나는 지방의 교육대학으로 진학했고, K는 서울에 있는 대학을 가기 위해 상경했다.

그리고 나의 대학 입학을 축하한다는 편지와 함께 선물을 보내왔다. '펄벅'이 지은 『새해』라는 장편소설이었다. 그 뒤에도 K의 편지는 계속되었다. 편지에는 은근한 애정 표현이 조금씩 담기기 시작했다.

초등학교 2학년 때부터 잘 알았고, 또 나이가 동갑이어서 그랬는지 나는 K를 이성으로 느낄 수가 없었다. K의 편지 내용이 부담스러워지면서 나는 답장을 보내지 않았다. K의 편지 횟수도 점점 줄었고 저절로 사이가 멀어졌다.

밤늦게 집으로 돌아왔지만, 그대로 잠자리에 들 수가 없었다. 옆방으로 건너가 책을 쌓아둔 벽장을 뒤졌다. 마침내 벽장의 구석에서 『새해』를 찾아냈을 땐 K를 만난 것만큼이나 반가웠다.

책장을 넘기니 종이는 누렇게 변색되었고, 낡은 책갈피에서 풍기는 독특한 냄새는 아련한 추억을 불러일으켰다.

『새해』는 1968년에 받았으니, 26년 전의 선물인 셈이다. 맨 뒷장의 여백을 펼치니 조병화 시인의 「사모思慕」가 적혀 있었다.

그대와 마주 앉으면

기인 밤도 짧고나.

희미한 등불 아래

턱을 고이고

단둘이서 나누는

말 없는 얘기

나의 안에서

다시 나를 안아주는

거룩한 광망光芒

그대 모습은

운명보다 아름답고 크고 맑아라.

물들은 나뭇잎새

달빛에 젖어

비인 뜰에 귀또리와

함께 자는데

푸른 창가에 귀 기울이고

생각하는 사람 있어

밤은 차고나.

인생이란 무엇인가. 흔적도 없이 사라지고 마는 허무의 존재인가. 초등학교 때 한 교실에서 공부했던 K의 모습이 이 세상에서 영영 사라졌다는 사실이 아무래도 믿어지지가 않는다.

나는 창문을 열고 밤하늘을 올려다보았다. 젊은 날 한때는 시인의 시로 마음을 대신 전해주었던 K! 저 빛나는 별 가운데 K의 별이 있다면 오늘밤 무슨 말을 들려줄까? 깊은 밤, 잠들지 못하고 창가에 서서 귀를 기울이고 있는 나에게.

(1994년)

어느 여름 오후

　가능하다면 사면이 거의 벽인 방 하나를 갖고 싶다. 아무 속박 없이 그 방에서 혼자 있고 싶은 때가 있다. 요즘 부쩍 그런 생각이 간절해진다. 불가능하다는 느낌이 확실해질수록 더욱 그러하다.

　벽의 바깥쪽에 대한 두려움이 계속되더니 드디어 버스에서 지갑을 소매치기 당했다. 가죽 핸드백이 예리한 칼날에 찢겨진 것을 발견하고도 별로 놀라지 않는 자신이 더욱 나를 혼란스럽게 했다. 지갑에는 약간의 돈과, 주민등록증, 교사 신분증, 대학원 학생증, 문협 회원증, 병원 진찰권, 신용카드…….

　찢겨진 핸드백을 보는 아픔 뒤에 느끼는 야릇한 홀가분함.

　곧장 닫힌 방으로 뛰어들고 싶다. 그러나 그런 방은 어디에도 없다. 발길이 닿는 곳은 대학의 도서관 열람실 정도였다.

출입구에서 가장 먼 구석자리를 차지하고서 조심스럽게 숨을 내쉬어 본다. 특별한 이유가 없다. 그런데도 왜 사람을 만나는 일, 얘기하고 노는 일이 두려운가! 이런 구석자리만을 찾는 행동도 거의 무의식적이다. 무엇이 두렵고, 왜 겁나는지 정말 모를 일이다.

오후였지만 아직도 무더위는 꺾이지 않았다. 그 구석자리에서도 오래 버티지는 못했다. 천천히 계단을 밟아내려가서 육중한 바깥문을 밀었다.

소나기처럼 곧고 굵은 햇살이 한꺼번에 몰려와 따갑게 눈을 찌른다. 붉고 뜨거우면서 동시에 희고 차갑게 부서지는 그 햇살. 키 작은 멕시코 해바라기의 노란 꽃이 무수하게 피어있는 비탈진 언덕길에 서서 코끼리 동상을 쳐다본다. 날카롭게 돋아난 양쪽 이빨과 크게 벌린 입에서 터져 나오는 포효!

그 포효는, 하품이라고 고집하고 싶은 내 청력의 한계를 비웃었다.

한 마리의 코끼리가 코끼리 이상의 의미로 상징되어지자 현기증을 느끼며 그 자리에서 발걸음을 옮겼다.

장충공원의 분수가 저만큼 내려다 뵈는 비탈길을 걸어 내려갔다. 또 만나게 될 교통순경의 얼굴. 검게 그을린 그 얼굴에서 느껴지는 탁한 피로는 결코 매연 탓만이 아닐 것이다.

체육관 광장에 이르는 아스팔트는 눅눅히 녹아 있다. 그 열기를 마시며 쭈그리고 앉아있는 행상 아줌마들. 무릎 가까이 펼치진 신문지 위에 그 아줌마들의 삶과 함께 시들고 있는 오징어 다리, 껌, 야쿠르트, 쥐포, 땅콩 부스러기……. 사나흘 계속 그게 그것들인 것을 파악해 내는 영악한 내 시선이 오히려 얄밉다.

광장을 건너서 주택가로 이어지는 도로로 향했다. 어느 재벌의 저택일까, 그 저택을 감싼 붉은 벽돌담 그늘에서 오후를 소일하고 있는 할아버지와, 가지런히 벗어둔 흰 고무신도 어제와 마찬가지였다. 할아버지는 나를 보고, 나는 할아버지를 보았다. 주름살로 구겨진 그 얼굴보다, 절망적인 눈빛이 내 걸음을 재촉했다.

다리가 자꾸 휘청거린다.

초인종이 달린 대문 앞에서 비로소 걸음을 멈추었다. 문을 밀고 들어서자, 발 아래 있는 하얀 사각봉투! 낯익은 친구의 이름이 가슴을 뛰게 했다. 그 편지는 하동 청암의 신선한 풀냄새가 담겨 있었다.

'금발의 잉게 보르그!

너는 쓰지 않고 읽지 않아도 그렇게 밝게 웃을 수가 있구나.'

고개를 끄덕이며 중얼거렸다.

"쓰는 고통, 읽는 고뇌를 모르고도 사는 것에 충실할 수가 있는 사람! 그들은 선택받은 사람이야."

편지를 보낸 친구가 했던 그 말이 다시 들려온다.

'건강하라구, 생生을 두려워 말고.'

3년 동안 못 만났는데 나를 너무도 잘 알고서 보낸 편지였다.

"사면이 거의 벽인 방을 갖고 싶어. 쓰고 읽다가 지치면 죽음처럼 긴 잠에 빠질 수 있는 그런 방 말이야."

나는 계속 중얼거리며 편지를 접었다.

(1983년)

어린 왕자를 기다리던 스님

비가 주룩주룩 내린다.

퇴근을 서두르는 바쁜 틈바구니에서 난 오히려 시간이라는 끈에 묶여진 고삐를 느슨하게 푼다. 여유를 부리며 빗물이 미끄러지는 유리창가에 서면 문득 생각나는 만남이 있다.

아마 대학 2학년 무렵이었을 것이다. 강의가 끝나면, 친구들과 여기저기를 잘도 쏘다녔다. 사람들의 관심이나 발길이 자주 닿지 않는, 그러니까 나환자촌이나 정신병원 같은 곳이었다. 그런 곳에서 작품의 특이한 소재를 구할 수 있다고 생각했다.

우리들 셋은 모두 작가 지망생이었으니까.

그런 어느 날, 늦가을 비로 온 세상이 흠뻑 젖어 있어서 선뜻 나서기를 망설이다가 G의 제안으로 시내버스에 올랐다. 한 시간쯤 지나, G를 따라 다시 버스에서 내렸다. 지금의 종합 전시장 근처인 봉은사奉恩寺 입구였다.

자주 지나치는 길목이었는데, 나는 그곳에 한 번도 들어가지 못했다. 잘 닦여진 포장도로며, 우뚝우뚝 솟은 아파트 바로 곁에 짙은 숲과 고풍스런 절의 모습이라니! 사뭇 신기하기까지 했다.

우중충한 하늘이 낮게 깔리고, 검은 빛깔의 나무들은 벗은 몸으로 비를 맞고 있었다.

절 마당으로 들어서자, 향냄새가 코끝에 닿았다. 향냄새에는 이승과 저승을 이어주는 그 무엇이 있다고 나는 생각했다. 그래서 절간에 들어서면, 그 독특한 향냄새 때문에 늘 이승이 아닌 다른 세상으로 상상의 나래를 펼 수가 있다.

독실한 불제자인 G는 예불禮佛을 위해 법당의 계단을 밟았다. S는 혼자 나무가 우거진 오솔길로 향했다.

나는 잠시 망설이다가 S의 반대 방향으로 발길을 돌렸다. 언제나 그렇듯 같은 목적지에서도 우리의 행동은 늘 자유로웠으니까.

별채의 모퉁이를 돌아서니, 거기 마루에 스님이 혼자 계셨다. 나는 조심스런 걸음으로 다가가 마루에 걸터앉았다.

스님은 혼잣말처럼 입을 여신다.

"낙숫물 소리가 좋아서……."

스님의 옆얼굴을 보았다. 늙지도 젊지도 않은 단아하면서도 부드러운 느낌이었다.

처마 끝에 모인 물방울은 쉼 없이 소리를 내며 떨어졌다. 참,

아늑하고 한가롭고 편안한 정경이었다.

"이런 날은 어린 왕자가 오실 것 같거든."

나는 흠칫 놀랐다.

어린 왕자를 아는 스님! 아니, 어린 왕자를 기다리는 스님이라니! 뭐라 한마디쯤 하고 싶었지만, 도저히 말이 되어 나오질 않았다.

스님은 놀란 나를 건너다보시며, 소리 없이 웃으신다.

잠시 후에 S가 나타났고, 곧 G의 모습도 보였다.

나는 그들을 따라 가기 위해 마루에서 일어섰다.

그리고 그 다음다음 날인가 어느 책에서 「영혼의 영원한 모음母音」이라는 글을 읽었다.

아무래도 그냥 지나칠 우연 같지가 않았다. 그 글의 부제附題는 '어린 왕자에게 보내는 편지' 였다.

나는 그 스님이 누군지 모른다. 그 날 이후로 다시 뵙지 못할지도 모르는 낯선 분. 그러나 혹시 어린 왕자에게 편지를 쓴 분이 아닐까 짐작해 본다.

어린 왕자!

지금 밖에는 마른 바람 소리가 들린다. 낙엽이 구르고 있다. 창호窓戶에 번지는 하오의 햇살이 지극히 선善하다. 이런 시각에 나는 티 없이 맑은 네 목소리를 듣는다. 구슬 같은 눈매를 본다. 하루에도 몇 번씩 해지는 광경을 바라보고 있을 그 눈매를 그린다.

이렇게 시작되는 그 편지는 『어린 왕자』가 내게 처음 안겨 준 감동을 새롭게 음미하게 해주었다.
『어린 왕자』를 스무 번도 더 읽었다는 그 스님!
겨우 두어 마디의 말과, 가벼운 미소뿐이었는데…….
나는 정녕 그 만남을 잊을 수가 없다.

(1984년)

여자라는 이유만으로

1977년 1월. 서울에서 가장 흔한 것은 무엇일까? 해마다 달마다 더 흔해 지는 건 사람이 아닌가 싶다.

세상에서 가장 소중하다는 것들도, 서울에서는 별로 소중하게 여겨지지가 않는다. 흔한 그 사람들 중에서도 더 흔한 것은 한창 나이의 팽팽한 젊음이 있는 여자들이다. 굳이 통계자료를 빌리지 않더라도 일상적인 주변을 돌아보면 된다.

인간이라면 누구에게나 어떤 조직에 소속되고, 또 인정받고 싶은 욕구가 있다. 그 욕구란 남녀노소를 가릴 것 없으며 전문화, 조직화되어가는 현대사회에서 더욱 갈구하는 것 중의 하나다.

민주적이고 남녀 구별 없는 교육과정을 거쳐 대학 4년 졸업을 눈앞에 두고 부딪치는 현실의 상황들은, 결코 민주적인 남녀평

등의 사회가 아님을 절감케 한다.
　남자는 여자보다 사회진출의 길이 훨씬 넓다. 방향도 다양하고 문도 골고루 열려 있다. 하지만 여자의 경우는 열 손가락으로 헤아리기도 그다지 만족스럽지가 않다.
　전통적인 의식이나, 인간적인 보람이나, 경제적인 급여 관계나, 결혼 후의 보장 제도에 있어 비교적 안정적인 직업은 교직이란 것에 귀결된다. 그러나 많은 젊은 여자들이 원한다 해도 교사가 되고 싶다는 자기 욕심이나 사명감만으로 교단에 설 수는 없는 것이 현실이다.
　엄연히 대학에서 취득한 교직과 전공과목의 학점이 있지만, 다시 순위고사나 학력고사라는 시험을 거쳐야 한다. 실력 있는 교사를 요하는 때문이란다.
　몇 명을 뽑는다는 순위고사 원서 접수장, 수십 명의 원서 제출자들로 붐빈다.
　"추운 데 문 좀 닫고 다니라고."
　"여기에 이름은 왜 빠뜨려? 도장 똑바로 찍어 제출해. 이래가지고 선생 해먹겠다고 나섰어?"
　아무리 자식 또래 나이의 학생들이지만, 공무를 담당한 사람들의 태도가 아니다. 사회에 발을 내딛고 싶은 초년생들의 꿈은 안에서부터 쭈그러들고 있었다. 시한부로 그들 가슴에 달린 대학 배지의 불안한 추위는 결코 영하의 날씨 탓만이 아니다. 모여고 교실 한 칸을 임시로 빌려 사용하는 그 접수장에 모인 사람들은 대부분 졸업을 앞둔 여학생들이거나, 나이 든 전직 교사들이다. 그러니 담당자들의 불친절과 냉담에도 죄인처럼 고개를 수그리며 어깨까지 움츠렸다.

서울 시내 몇몇 사립학교에 교수님의 추천이 시작되었다. 직접 또는 간접으로 말이 건네지면서 일이 잘 진행되는 듯했다.

"마침 잘 되었습니다. 빈 자리가 있어서 그렇잖아도……."

"교수님께서 추천하신다면야."

그러나 대화의 끝에 가서 여자라는 이 쪽의 말에 상대방의 태도는 돌변했다.

"저희 학교는 남자 고등학교라서."

"여선생이 반수 이상을 차지하고 있는 터라……."

등등 따져 묻고 들수록 거부반응은 더 강해진다.

숙직이 자주 돌아와서 남선생들의 불평을 막을 수가 없단다. 기혼녀인 경우 아기가 아프다, 집안에 일이 생겼다 해서 빨리 퇴근하려 한단다. 학교에 무슨 행사를 할 때도 여선생이 많을수록 비능률적이라는 것이다.

다른 직업보다 정성과, 열의와 창의적인 능력과 사명감이 소중하게 뿌리내린 교직인 줄 알았지만, 실제로는 그런 어떤 것보다 남자라는 선행조건을 요구했다. 감독관의 장長이 여자일수록 여자를 더 꺼리고, 여교장일수록 남선생 채용을 고집한다니…….

정규 대학을 엄연히 졸업하고, 갖추어야 할 제반사항을 모두 구비했어도 이런 식이다. 초등학교나 중학교를 졸업한 여성근로자들에게 주어지는 실질적인 면은 이를 미루어서도 짐작할 수 있다.

여성근로자들의 끔찍스런 혹사 사건이 노출될 때마다, 한번씩은 입을 모아 떠들썩하지만, 꼬리는 늘 감추어진다.

교수님은 쓰게 웃으며 혼잣말처럼 내뱉으신다.

"여자 선배들이 길을 잘 닦아두었기에 후배들이 지금 골탕을 먹고 있는 거라고!"

과연 그 교수님의 말씀이 옳은가? 자기비하적인 한국여자의 내면의식, 한국에서 여자로 태어났다는 사실은 아직도 불행인지 모른다. '딸 순산'이란 전보를 받은 시골의 시어머니, 마당에 섰다가 그 자리에 벌렁 누워 두 시간을 꼼짝도 못 했단다. 단순한 시골 노인네의 망령만은 아닐 것이다.

아예 바깥출입도 삼가고 사회참여도 금했던 시절에는 세상을 모른 채 그럭저럭 평생을 보냈을 테니, 오히려 지금보다는 억울함이 덜했으리라.

공부도 할 만큼 했으니, 부모로부터, 사회로부터, 학교로부터 받은 혜택을 자신의 개성과 독창성을 살려 다시 사회에 돌리고 싶다. 그런데 기회가 주어지지 않으면, 그것도 단지 여자라는 이유만으로 부당하게 거부당하면, 계속 가르치고 배우며 일하는 보람을 누리고 싶은 여자는 그럼 어디로 가라는 말인가.

(1977년)

자유라는 그 말

　남편이 장거리 출장을 떠났다. 참 오랜만에 거울 앞에 한가롭게 앉아서 나를 들여다본다. 눈가의 잔주름.
　"……언제 이렇게?"
　정녕 저 거울 속의 얼굴이 도대체 누구인지 낯설기만 하다.
　한 남자의 아내라는 것 말고도 3월이면 고등학교 2학년이 되는 딸과 중학교 3학년이 될 아들의 어머니!
　"어머니……?"
　글쎄, 아직도 그 말은 내게 어설프기만 하다.
　아침이면 바쁘게 식사준비를 해놓고 서둘러 집을 나선다.
　아파트 1층에 살면서 발자국 소리만으로도 어느 집의 누구인지를 안다는 철이 엄마. 그 철이 엄마가 그랬다. 눈 뜨고 가장 이른 시간에 현관을 빠져나가는 사람이 바로 나라고.
 그리곤 해가 져서야 어둠을 몰아오는 바람처럼 서둘러 돌아온다.
 아이들과 같이 지내는 시간은 잠자는 시간을 빼면 고작 두서너 시간이다.
 나를 키워주신 내 어머니를 떠올리면 나는 어머니로 불려질 자격이 없는지 모르겠다.
 퇴근 후, 육신은 마치 물에 젖은 솜 같다. 세수하고 저녁밥을 해서 먹고 나면, 그대로 눕고 싶은 생각뿐이다. 시어머니는 지금도 안방에 앉아서 밥상을 받고 싶어 하신다. 한 달에 몇 번 정도 그 작은 소망을 풀어드리는지……. 남편에게는 또 어떤가. 나는 남들처럼 내조하기보다 외조를 더 바라는 편이다.
 그리고 1년에 몇 편 정도 작품다운 작품을 쓰는지?
 어머니로, 며느리로, 아내로, 작가로……. 그러고 보니 어느 하나 제대로 하는 것이 없는 것 같다. 그러면서도 가르치는 학생들 앞에서 오히려 당당하게 말한다.
 "인생은 적당히 사는 게 아니야. 청춘은 더욱 그렇고, 여자인 경우는 더더욱 그렇다!"
 마치 내가 아니면 그 누구도 이 자리를 채울 수가 없을 것 같은 생각, 때론 그런 착각까지 하면서!
 가끔씩 이런 충동에 사로잡힌다.
 인자한 어머니, 효성스런 며느리, 상냥한 아내, 유능한 작가, 그리고 성실한 교사가 될 수 있다면, 아니 그렇게 되도록 노력해야지 하고. 하지만 그건 지극히 짧은 한 순간이다. 사실은 그 무엇보다도 어느 시인의 고백이 내 마음을 더 두근거리게 한다.

'자유라는 말만이 아직도 나를 불타오르게 한다.'

나도 정녕 자유롭고 싶다.

이 나이에 새삼 무슨 자유냐고 비웃거나 나무랄지라도 말이다.

나는 정녕 자유롭고 싶다. 내 눈가의 잔주름이 나이와 함께 늘어갈지라도, 내 정신까지야 잔주름에 얽매일 수 없다.

세월은 내 육신에 수많은 쇠사슬을 달아주었지만, 내 정신은 가능한 한 끝까지 그 쇠사슬로부터 벗어나리라. 그리고 따뜻하고 부드럽고 평화롭고 안정된 타성을 거부하리라.

자유!

아, 자유라는 그 말이 아직도 나를 불타오르게 한다.

(1992년)

지는 해를 보며

해가 지고 있다. 또 하루가 지나간다.

오늘이 26일이다. 그러니까 이 달도 거의 지났고, 다음 달이 11월이니 올 해도 얼마 남지 않은 셈이다.

퇴근하여 집으로 가는 차 안에서 서쪽 산마루를 보았다. 주황색의 크고 둥근 해의 얼굴. 산마루를 넘어가는 그 순간까지 열정을 다 바치는 저 황홀한 순수! 온몸에 오싹 전율을 느낀다. 사람도 해처럼 마지막 순간을 저렇게 맞을 순 없을까?

문득 그리운 얼굴이 떠오른다.

"왜 사느냐?"

는 물음에

"가장 잘 죽기 위해서."

라고 대답하던 사람이 있었다.

"가장 잘 죽는 게 도대체 어떤 것인데?"

"자기 자신에게 충실하게 사는 것이야. 주어진 생을 열심히 정성껏 사는 것이지. 언제 어디서 죽음이 닥쳐와도 후회나 미련 없이 죽음을 맞을 수 있도록 떳떳하게 사는 것이지."

지금은 어디에 있는지 소식조차 모르고 있지만, 그의 그 목소리는 아직도 귓가에 생생하다.

60여 년 전, 이 땅의 어린이를 위해 사셨던 소파 선생이 「어린 동무에게 드리는 글」을 남겼다. 그 글에는 일곱 가지의 부탁이 실려 있는데, 그 첫 부탁이 "돋는 해와 지는 해를 반드시 보기로 합시다."였다.

돋는 해에게서는 씩씩하고 용기 있는 힘과 희망 찬 미래를 배우고, 지는 해에게선 양보와 겸손과 고요를 동시에 깨닫게 하고자 하는 뜻이 있었을 것이다.

지는 해를 보고 있노라니 나의 하루하루를 반성하게 된다.

가장 잘 죽기 위해서 산다는 그의 말이나, 소파 선생의 부탁이 어쩌면 무덤덤한 요즘의 내 일상을 겨냥한 말 같다.

그런데 이제는 돋는 해보다 지는 해 쪽에 더 관심이 기울어지는 건 어인 일일까!

10월이라는 늦은 계절 탓일까? 이 해가 얼마 남지 않은 탓일까? 아니면, 칠십 평생의 중반을 넘어선 내 나이 때문일까?

(1985년)

커피잔으로 건배한 친구

　해안을 끼고 앉은 그 도시의 겨울은 유난스럽게 바람이 많았다. 소금기 머금은 갯바람은 도시의 넓은 거리에서도 쉽게 느낄 수가 있었다.
　갯바람과 소음이 낮게 깔린 한적한 거리를 나는 바쁘지 않은 걸음으로 걸어갔다.
　그런 거리를 한참이나 걸어 나가면 호텔처럼 말끔히 단장한 병원 건물이 나타난다.
　선희는 5년 전부터 그 병원에서 간호원으로 근무했다. 여중 2학년 때 옆 짝이었던 선희는 얼굴보다 마음이 더 고왔다. 학급에선 모두가 싫어하는 미화부장을 맡아 교실 뒷정리를 매일 혼자서 하곤 했다.

남들 앞에 나서기보단 뒤에서 말없이 움직이는 선희였다.

선희는 누구와도 결코 다투는 일이 없었고, 함께 있으면 즐거워지기까지 했다. 어쩌면 남을 즐겁게 해주기 위해 사는 것 같았다. 아니, 그것이 선희의 유일한 생의 목표였는지도 모른다.

짝이 된 처음 얼마동안 나는 그런 선희가 매우 못마땅했다. 본래의 속마음은 저만큼 숨겨두고 의식적으로 그런 행동을 꾸며내는 것으로 여겼기 때문이다.

그러나 정작 선희를 좀더 가까이서 자세히 알게 된 건 학급이 바뀐 그 다음 해였다.

상급학교 진학 관계로 우리들의 마음이 좀 어수선하던 무렵이었다. 선희와 나는 교정의 뒤쪽, 잎이 모두 져버린 아카시아 언덕에 나란히 앉았다.

"피를 토하는 엄마의 기침소리는 몸 전체의 고통스런 신음이었어. 이불 호청을 검붉게 물들이는 그런 소란이 한고비 가라앉으면 엄마의 얼굴은 백지장보다 하얘졌어."

순간 내 가슴엔 심한 방망이질이 일어나기 시작했다. 나는 가슴을 조이며 놀란 토끼 눈으로 선희를 지켜봤다. 의외로 선희의 표정은 담담하게 굳어 있었다.

"그렇게 몇 년을 병마에 시달리다가 엄마가 가셨어. 그렇지만 난 아직도 그 때의 일들을 잊을 수가 없어. 난 무서워. 정말 무서워!"

선희의 목소리가 떨리기 시작했다.

"아무리 힘껏 뛰어 봐도 그 무서움에서 헤어날 수가 없었어.

그 집이 무서워 할머니 집으로 옮겨와서 학교를 다니기까지 했지만……"

나는 선희의 두 손을 꼭 붙잡았다.

뭐라 한마디쯤은 위로하고 싶었지만 아무 말도 할 수가 없었다.

선희는 깊이 숨을 내쉬며 지그시 입술을 깨물었다.

"난 결심했어. 이제부턴 내 쪽에서 뛰어 가기로 말이야. 어디 한번 부딪쳐 볼 셈이야!"

가슴을 앓는 병이 그렇게 엄청난 비중으로 선희를 에워싸고 있는 이유. 그래서 그 어떤 일보다 청결에 민감했던 점 등등. 아픔과 고통을 참고 견디기 위해 그렇게 명랑하려고 노력했던 행동 하나하나의 수수께끼가 풀렸다. 새 봄과 더불어 선희는 도립병원에서 운영하는 간호 고등학교에 진학했다. 그 학교를 졸업하고 선희는 바닷가 요양소가 있는 M시의 그 병원을 자원했다.

덕분에 나는 그 도시의 겨울 바다를 비교적 자주 찾을 수 있었던 셈이다.

"우린 너무도 성격적으로 차이가 많은데 어쩜 이렇게 오랜 시간을 계속 따뜻한 연인처럼 지낼 수가 있을까?"

바닷가의 먼 수평선이 보이는 찻집에서 우리는 가끔 이런 문제를 가지고 얘기한다.

"난 말이야. 이 세상에 태어나 너처럼, 철저한 이기주의자는 아직껏 본 적이 없었어. 네가 만약 나를 친구로 만나지 않았다면 넌 죽어서 분명 지옥으로 직행하고 말걸."

"그래, 정말이야. 난 너의 그 희생과 봉사가 항상 옆에 있어서 안심하고 철저한 이기주의자로 맹활약 중이니까."

우리는 커피 잔으로 건배하며 깔깔대고 웃었다.

(1975)

파도소리

아침 7시.

4층의 아파트 계단을 쿠당탕탕 바쁘게 뛰어 내려간다.

학교에 도착하여 출근부에 도장 찍고는 내가 맡은 학급이 있는 4층 계단을 다시 오른다.

계단.

나의 일과는 이렇게 계단을 내려와서 다시 계단을 오르면서 시작된다.

직원조회를 위해 내려오면 학급조회를 위해 다시 올라간다.

쉬는 시간 종이 울리면 내려오고, 시작을 알리는 종이 울리면 다시 올라가고…….

종례하고 청소 검사까지 끝나면 어떤 날은 왕복 스물두 번, 어떤 날은 왕복 스물여덟 번 정도다.

어째서 나는 이렇게 숱한 계단과의 대결을 날마다 되풀이해야 하는가 하고 가끔 생각할 때가 있다.

그런데도 피로는 정작 다리가 아니라 항상 목에서 먼저 온다. 침을 삼키기조차 힘든, 가시가 걸리는 목구비의 이 아픔.

학생을 가르쳐야 한다는 것. 그 가르침이 말들에서 비롯될 때, 말의 실체는 하나의 허상, 허구의 그림자로 남는다. 많은 말로 더 많은 착각을 범하는 것이 아닌지?

계단이 두렵다. 아니, 계단 그 다음에 오는 착각이 정녕 두려운 것이다. 눈을 감고 벽에 머리를 기대면, 들려온다……. 그 먼 남쪽 바다의 파도소리. 파도소리는 목의 아픔을 잊게 한다. 파도소리는 나의 두려움을 잊게 한다. 파도소리는 나의 기미 낀 얼굴, 눈가의 잔주름, 그리고 분필 가루가 묻은 굳은살 박힌 내 가운뎃손가락을 잊게 한다.

파도는 바위 절벽에 부딪치며 오직 피나는 몸부림만 계속한다. 망상의 허울을 벗고, 가상의 몸짓을 버린, 맨 주먹, 빈 머리, 넓은 가슴…….

'참 되거라. 참 되거라.'

냉엄하고 처절한 오직 그 한마디만이 반복될 뿐이다.

나는 고개를 들고 감았던 눈을 천천히 뜬다. 옆자리 선생님이 남겨 놓고 간 낙서장 몇 구절. 글자는 살아서 파도의 물굽이처럼 꿈틀댄다.

'인생은 적당히 사는 게 아니다. 선생이란 존재는 희망을 가꾼다는 자각을 한순간도 잊어선 안 된다. 희망이란, 그 무엇보다 귀한 것이기에.'

운동장에 내리쬐는 눈부신 빛이 갑자기 나를 견딜 수 없게 만든다.

떠나가리라.

내 유년의 그리운 그곳. 끝없이 넓고 깊고 파란 남해 바다. 그 파도를 만나러, 파도 소리를 들으러!

(1980년)